青春豬頭少年不會夢到自家女學生

鴨志田
插畫●溝口

Kadokawa Fantastic Novels

你現在在哪裡　和誰在一起　正在想什麼
我現在獨自在家　和貓在一起　思念著你
但我不會寂寞　不會悲傷　也不會哭泣
胸口不會難受　也不會痛　不會揪心憂愁
所以……
說給我聽吧　我不想聽　你所喜歡的人
我想知道　我不想知道　我所喜歡的人

節錄自霧島透子〈I need you〉

第一章

十二月的禮物

1

這一天，梓川咲太在打工的補習班多了一名由他負責指導的學生。

在大學上完第四節課之後，咲太轉搭電車回到藤澤站，抵達補習班的時候已經是太陽完全西下的六點多。隨著正式迎來寒冬，白晝變短，黑夜則是更早到來。

咲太將包包放進教職員置物櫃，套上代表補習班講師的像是外套的白色外衣，只拿著今天上課要用的教材走出置物室的時候，被補習班院長叫住。

「梓川老師，你來得正好。」

「院長早安。」

即使在晚上見面也是道早安，這一點和連鎖餐廳的打工一樣。

「嗯，早安。今天起想請你負責一名學生……可以嗎？」

「今天嗎？還真趕。」

「這是學生本人希望。你知道姬路紗良同學吧？」

確實知道。她之前也來試聽過咲太的課。

「梓川老師，可以嗎？」

沒有特別要拒絕的理由。為了提高打工薪水，咲太正打算增加負責的學生，所以這樣正合他的意。

紗良才一年級，不必急著準備考大學，可說是咲太心目中的理想學生。

「我知道了。」

「這樣啊，太好了太好了。」

和院長達成協議的這時候……

「啊，咲太老師。」

剛好走出自習室的一名女學生向咲太搭話。對咲太來說非常熟悉的峰原高中制服。將這套制服穿得像是模範生般筆挺的她，正是剛才聊到的姬路紗良。

大概是在自習室念書邊等咲太過來吧。

紗良以親人貓咪的腳步走到咲太身旁。

「今天起請多指教，咲太老師。」

說完，她雙手合十恭敬地鞠躬。

大概因為院長在看，語氣也變得客氣。

「請多指教，姬路同學。」

接到新學生的時候不必從「初次見面」開始，咲太非常感謝少了這道門檻。此外，紗良就讀的峰原高中是咲太的母校，所以咲太也大致掌握課程水準，甚至知道期中考與期末考的出題傾向。因為咲太直到去年也是學生之一。

「咲太老師，之後就請你一如往常好好指導了。」

「好的。」

聽完咲太的回應，院長回到教職員室自己的座位。「今天接下來要繳交文件給會計，整理錄取的資料……啊啊，有夠忙的。」他如此輕聲自言自語……

從院長的背影移回視線一看，發現紗良也在看咲太。

「謝謝老師答應收我這個學生。」

她跟我四目相對後，重新道謝。

「我才要謝謝妳指名我。託妳的福，我要加薪了。」

「請讓我的成績進步啦。」

紗良故意露出有點鬧彆扭的表情。她是會好好配合咲太玩笑話的聰明女孩。面對這樣的紗良，咲太不由得回想起數天前夢見的內容。

非常鮮明，具備真實感，不像是夢的那場夢。

紗良會在十二月一日成為咲太學生的夢。

而且，今天和那場夢一樣是十二月一日。

院長前來搭話，聊起新學生的話題；紗良走出自習室的時間點；彼此問候的話語……一切都和那場夢的內容一致。

簡直是錄下影片重播般的體驗，也有點像是高中二年級和古賀朋繪重複度過相同日子的那種感覺，不同之處在於這次的時間短得多。

所以咲太不確定這個現象的真面目，內心的疑惑大於驚訝。如同被拋棄般，只有納悶的心情停駐在身體中央無處可去。

多虧這樣，咲太覺得腳下輕飄飄的，無論如何都靜不下心。

真實感那麼強烈的事件如果是夢，不免會懷疑現在這一瞬間也是夢。即使是這樣也不奇怪，因為夢與現實之間的感覺幾乎沒有差異……

「咲太老師？」

紗良歪過腦袋，以疑惑的表情看過來。

「嗯？」

「如果沒要對我說話，請不要這樣盯著我看。」

紗良露出為難的表情，以雙手遮住臉。

「啊，抱歉。」

雖然不是在看紗良，不過視線似乎一直朝向她。

咲太移開視線看向入口。

「哈囉～～」

隨即看見山田健人隨著這聲懶散的問候走進補習班。

「老師好。」

吉和樹里接在他身後打招呼入內。

健人與樹里同樣是由咲太負責教數學的學生，兩人都就讀峰原高中，和紗良同年級。記得健人說自己和紗良同班。

「你們兩人一起來得正是時候。其實……」

咲太正要告知有關紗良的事時……

「我們只是剛好搭同一台電梯。」

樹里莫名如此更正。回應「我知道了」也很奇怪，所以咲太只能說「喔，嗯」含糊地點頭。

「我從今天開始也是姬路同學的指導老師，先知會你們一聲。」

「請多指教，山田同學。吉和同學也是。」

「咦？真的假的？」

健人明顯慌張起來，當然不是在抗拒。健人對紗良有好感，所以一定很高興，但是內心還沒做好準備。這樣的心情顯露在外了。

「山田同學，你這是哪種意思？」

紗良懷疑般直接發問。

「咦？妳說『哪種意思』是什麼意思？」

「是開心還是抗拒？」

紗良立刻逼問裝傻的健人。

「這沒什麼好選的吧？」

健人只將頭轉過去語無倫次地說了。這個反應使得紗良用雙手摀嘴，覺得有趣般笑出聲。

樹里漠不關心，從兩人的身旁經過，走向上課用的教室。

「咲太老師，快點上課吧。時間到了。」

健人滿臉通紅地這麼說。

「這麼充滿幹勁的山田同學，我總覺得是第一次看見。」

健人無視這麼說的咲太，逃也似的追在樹里身後。

真是淺顯易懂的反應。健人的這個反應也和咲太數天前作的夢一模一樣，而樹里平淡的樣子也是。

疑問逐漸膨脹。

這一連串事件如果是只發生在咲太身上僅此一次的神奇偶然，那今後當成說笑的話題就好。

然而咲太知道，這件事看來沒這麼簡單。

加上「＃夢見」這個標籤，上傳到社群網站的夢境內容。

夢見的內容會成真。人們是這麼口耳相傳的。

要不是赤城郁實曾利用「＃夢見」扮演正義使者，就可以當成一般的超自然話題置之不理。但是咲太看見了。「＃夢見」寫下的事件成真的那一瞬間……咲太親眼看見了。

既然是自己親眼看見，終究只能相信。

至今「＃夢見」每天依然有數百則留言。

昨天夢見的內容。

興奮地述說夢境成真的各種留言。

這些留言與日俱增。

匪夷所思，荒唐無稽……這種否定的意見當然存在，也零星可見某些留言發展成小型的網路論戰。

這是某個事件的徵兆嗎？還是已經發生某個事件了？

成為當事人的現在，終究很難裝作漠不關心。

最頭痛的在於咲太猜得到引發這個事態的人物是誰。

霧島透子。

以一般人們的角度來看，是在影音網站上傳自唱歌曲的人氣網路歌手。

對咲太來說，是咲太看得見的神祕迷你裙聖誕女郎。

必須再見透子一面，聽聽她怎麼說。

無論如何，咲太都要見到透子才行。絕對要。

——找出霧島透子

——麻衣小姐有危險

活在另一個可能性的世界的優秀咲太傳來這段訊息。

咲太看見了這段訊息。

所以他不能置之不理。

即使不擇手段，也必須知道這段訊息的意義。

雖然這麼說，即使現在在這裡苦惱思索也見不到透子。

咲太在打工的補習班只能做一件事，就是教健人、樹里與紗良數學。

「時間真的差不多快到了，開始上課吧。」

咲太朝著留在教職員室前面的紗良這麼說。

「好的。我重新說一次，今天起請多指教，咲太老師。」

峰原高中從明天開始舉行期末考，第一天就考數學，咲太對此非常感謝。他打算從現在開始確實做好三角函數的對策。

2

上完八十分鐘的課之後，咲太對學生們說「期末考加油喔」，送他們離開補習班。

「咲太老師，別說這種會讓人沒勁的話啦。」

健人說完，露出抗拒的表情回家。

樹里默默行禮做出不知道是「ＹＥＳ」還是「ＮＯ」的回應，消失在門後。

若想得到學生的信賴與尊敬，看來還需要一些時間。

「請放心，我會努力。」

獨自留下來的紗良向咲太說出這句溫柔的話語。

關於今後的課程計畫，咲太想和她討論日程與方針。

「總之等到期末考結束，我打算講解大家不會寫的題目……不過姬路同學，之後的課程妳想要怎麼上？」

咲太沒說清楚的這段話，聰明的紗良應該聽得懂真正的意思。

現在的課程內容無法令紗良滿意。

對於健人與樹里，咲太進行的是提升基礎學力的課程，但是紗良已經達到這個水準。

今後也不應該和他們兩人上相同內容的課程吧。

「我可以在期末考結束再決定嗎？」

紗良稍微思考之後，抬頭筆直注視咲太。

「當然可以。」

「要是說得太得意忘形，期末考卻只考三十分會很丟臉。」

紗良露出強忍笑意的表情這麼說。

「別在山田同學面前開這個玩笑喔。」

健人在上次的期中考考了三十分。紗良也看過他的答案卷，所以故意說「三十分」。

「請不要告訴他我消遣他喔。這是咲太老師與我……只屬於我們兩人的祕密。」

大概是對咲太聽得懂這句玩笑話感到開心，紗良露出愉快的笑容。

「那麼，下次跟山田與吉和同學同一天上課可以嗎？」

「好的，是要講解期末考吧？」

「到時候可能還沒發還答案卷，帶考題過來吧。」

「知道了。今後的計畫，請您到那天再找我討論。」

「嗯。那麼，回家路上小心喔。」

紗良將書包揹在肩上，卻遲遲沒有要回家，以欲言又止的表情抬頭看咲太。

「老師不對我說『期末考加油』嗎？」

「期待妳拿下高分。」

「這樣壓力很大。」

儘管嘴上表示抗拒，紗良仍開朗地笑著走出補習班。

目送紗良離開之後，咲太在教職員室製作今天課程內容的日報。學生欄位多了一人份，要寫的內容也必然增加。

完成必要的文書工作之後，咲太尋找同樣在補習班打工當講師的雙葉理央。如果她已經上完課，咲太想在回程和她討論夢境成真的事。

咲太很快就找到理央的背影。她在教職員室旁邊的自由空間回答一名高大學生的問題。那是理央的物理課學生——加西虎之介。

手指指向打開的課本，在打開的筆記本上書寫。「到這裡懂了嗎？」理央每次這麼問，就聽得到他一反高大的身體輕聲說出「懂了」這句回應。講解完一題，理央就接著講解下一題。

從氣氛看起來還要一段時間。

夢境成真的事不急著說，應該可以改天吧。

對咲太來說最緊急的「麻衣小姐有危險」這段訊息，已經在事發當天找理央談過。

咲太在那天用麻衣的手機聯絡理央，約好大學下課之後在藤澤站會合，然後在咲太另一份打工的連鎖餐廳聽理央說明。

「現階段能說的大致只分成兩件事吧？」

理央在飲料吧泡完咖啡回座之後，冷靜地對咲太這麼說。

「也就是？」

「霧島透子是否會直接危害櫻島學姊。」

「還有呢？」

「因為霧島透子而產生思春期症候群的某人，是否會害得櫻島學姊面臨危險。」

「哎，應該是這兩者之一吧。」

從那兩則簡短的訊息，頂多只能導出模糊的方向性。

因為訊息完全沒告知會發生什麼事，什麼事有危險，或是會發生什麼樣的危險。

只知道和霧島透子有關係。

「不過，終究不會直接造成危害吧？」

這樣的話單純只是一起案件。咲太不認為透子有理由這麼做，以往見面的時候也看不出她有這個意圖。既然她是透明人，之前應該有很多機會下手。麻衣直到今天都沒出事，這一點就證明了咲太說的沒錯。

「我也認為後者的可能性比較高。」

就算這麼說，也不能完全否定前者。將咖啡杯端到嘴邊的理央如此暗示。

說到咲太有點在意的事，大概就是霧島透子曾經說過麻衣是「電燈泡」。不過這應該也單純是基於那個狀況說出的話。即使不是，咲太也不覺得話中隱含著會造成案件的強烈情緒。

「雙葉，妳認為在這個狀況該怎麼做？」

等待理央放下咖啡杯之後，咲太直接徵求她的意見。現在的情報不足以採取具體行動。

「以斷絕問題根源的意義來說，只要治好霧島透子的思春期症候群就行吧？」

只有咲太看得見的存在。

這個症狀近似於以前的麻衣。

「梓川，這是你擅長的領域吧？」

理央嘴角在笑，大概是回想起那時候的事。

高中時代，咲太向麻衣示愛那一瞬間的事。

考試時跑到操場，以全校學生都聽得見的音量大喊「好喜歡妳」的那件往事……

「這樣能解決的話就輕鬆了。」

說來可惜，麻衣和透子不一樣。她們和咲太的關係、狀況與條件都不一樣……

關於麻衣自身存在消失的原因，理央當時幫忙建立了假設，然而關於透子就一無所知。

為什麼只有咲太看得見？

和麻衣那時候相比，症狀看起來相似，但是不同的部分也很明顯。

以透子的狀況，現在消失的只有身影。麻衣那時候甚至從人們的記憶中消失，但透子不一樣，大家至今依然清楚記得她。

聽到她上傳到影音網站的歌曲，人們會留下「霧島透子很棒吧？」「我也真的很喜歡霧島透子的歌」之類的感想，在各種地方成為話題。

「雙葉，妳認為最近思春期症候群的原因在霧島透子身上嗎？」

透子說她「送了禮物」。

突然變得會察言觀色的廣川卯月……

和另一個可能性的世界的自己互換的赤城郁實……

還有在夢中看見未來的許多學生……霧島透子說她只是送了禮物，送了大家想要的禮物。

「她自己是這麼說的吧？」

因為有這個前提，理央才會認為治本的方法或許就是治好霧島透子的思春期症候群。

「只不過是她自己這麼說吧？」

所以無從證明。在這裡和理央討論幾小時也沒有答案，解決之道在這個時間點就已經封閉。

「結果還是如妳所說嗎……」

走進死路之後，咲太得出一個結論。他已經做好接受這個結論的準備。

「只能治好霧島透子的思春期症候群。」

理央以眼神表示贊同。

「或許只能求個心安，不過要不要看一下『#夢見』？說不定可以知道一些未來的事。」

「以牙還牙，以眼還眼，以思春期症候群對付思春期症候群嗎？」

這天，咲太一回家就乖乖實踐理央的建議，向妹妹花楓借筆記型電腦，立刻以「#夢見」搜尋「櫻島麻衣」，但是沒有找到可能和「麻衣小姐有危險」相關的留言。

後來直到今天，搜尋「#夢見」漸漸變成咲太每天的例行公事。

從藤澤站快步行走約十分鐘。結束補習班打工的咲太在晚上九點多回到住慣的公寓。

「我回來了。」

脫鞋走上玄關之後，家貓那須野從客廳輕快地走過來。不久，盥洗室的門打開了。

「啊，哥哥，你回來啦。」

妹妹花楓穿著睡衣走出來。

她一邊以毛巾擦拭還沒乾的頭髮，一邊走進廚房，隨即傳來冷凍庫打開的聲音，大概是要吃冰吧。

花楓前腳剛走，咲太後腳就踏進盥洗室洗手漱口，然後懷著些許期待進入客廳。

首先確認的是電話的語音信箱。

咲太正在等待某人回電，衷心期盼著。

然而留言信箱的紅色燈號依然是亮著的，如果有人留言應該會閃爍。咲太也確認了來電紀錄，沒有任何人打電話過來。

「再打一次吧。」

咲太依序按下最近剛記住的十一個數字。

迷你裙聖誕女郎提供的電話號碼。

等待片刻之後，話筒傳來鈴聲。

是這個電話號碼有人使用的證據。

如果霧島透子沒說謊，這個號碼就會接通到她的手機。

鈴響七聲後，傳來「嘟聲後請留言」的語音信箱通知。是這幾天聽過許多次的制式通知。

打電話給霧島透子的次數不只一兩次，昨天咲太也在語音信箱留言。
目前沒有回電的跡象。即使如此，咲太依然不屈不撓，今天也朝著話筒留言。
「請問這是霧島透子小姐的電話號碼吧？我叫梓川咲太，打這通電話給您是想請教打扮成聖誕老人的方法，希望您可以回電。」
咲太說完用意後放下話筒。
「哥哥，這是怎樣，你在打惡作劇電話嗎？」
此時背後傳來感到傻眼的聲音。
轉身一看，咬著柳橙冰棒的花楓以看見奇怪東西的表情看著咲太。
「不是惡作劇，我剛才是在正常地打電話。」
「這樣的話更不妙吧？」
「花楓，妳也會說這種像女高中生的感想了。」
「哥哥則是一如往常，總是在說奇怪的話。」
「是嗎？」
「居然沒自覺，真的很不妙。」
兄妹的這段對話頓時被打斷。
電話忽然響了。

不是花楓的手機，是家裡的電話。

畫面顯示十一個數字。只看一眼的話還沒有頭緒的號碼，不過咲太知道這個號碼。

咲太抓起話筒接電話。

「喂，梓川家。」

一如往常的既定應對。

『……』

沒有立刻回應。

但咲太感覺到話筒另一頭有某人的氣息。

「是霧島小姐吧？」

畫面顯示的號碼證明了這一點。

『沒想到你很聰明耶。』

透子的第一句話是聽起來不像稱讚的稱讚。

咲太隱約明白她想說什麼。

先前冷不防只秀出三秒的電話號碼被咲太牢牢記住，透子拿這件事在挖苦他。

「經常有人對我這麼說。」

『不只如此，還喜歡耍小聰明。』

這應該是針對咲太裝傻所做的牽制，也可能是在說咲太當時假裝沒記住電話號碼的行為。說不定兩者皆是。

『明明這樣，腦袋卻很笨。』

不知為何，評價愈來愈低。不對，從一開始就不算高。只不過是「聰明」這個詞給人評價很高的印象而已，使用這個詞的方式並不妥當。

『打好幾次電話都沒反應，正常來說不是都會覺得對方在迴避嗎？』

「我覺得被封鎖之前應該還沒問題。」

咲太有一個不能輕易收手的理由。

——找出霧島透子

——麻衣小姐有危險

因為另一個自己是這麼說的。

「我有事想問妳。」

『打扮成聖誕老人的方法是祕密喔。』

「可以再見一次面嗎？」

咲太實在不認為這通電話可以得到他想要的所有答案。

不知道的事情還有很多。

咲太受命要找出來的透子就在電話另一頭，彼此也見過面，可以說已經找到了。

但是這和「麻衣小姐有危險」沒有關連性。

正如理央所說，目前想得到的可能性有兩種。

透子直接危害麻衣。

某人被迷你裙聖誕女郎的禮物引發思春期症候群造成危險。

是這兩種可能性之一。

然而這也不過是臆測。

所以咲太想再見一次面，親眼確認透子的反應。

『今天開始是十二月吧？』

聽到透子這麼說，咲太自然而然看向月曆。

「是的。」

今年也只剩下一個月了。

『聖誕老人很忙的。』

「這部分麻煩通融一下。」

『那就明天。』

「啊，不，明天不太方便……」

今天是十二月一日，也就是說明天是十二月二日。每年一次的特別的日子。

『下課之後再打電話給我。我有意願的話就去跟你見面。』

透子不聽咲太說明，單方面決定行程。

「不能改天嗎？」

即使如此，咲太還是死纏爛打。

『明天有什麼事嗎？』

透子回以不耐煩的聲音。

「是我女友的生日。」

昨天，確定排開所有工作的麻衣說「我想帶你去一個地方，把下課之後的時間空出來」，兩人約好了快樂的生日約會。

『是喔。』

透子接受般回應。

或許可以期待她變更計畫。

咲太才這麼想……

『既然這樣，我除了明天，絕不會和你見面。』

話筒就傳來捉弄咲太的笑聲。

電話隨即被掛斷。

甚至沒有挽回的機會。

總之咲太重撥電話。

「……」

透子當然沒接。

電話轉接語音信箱。

「我是梓川，想商量明天的事所以聯絡妳。我會再打電話給妳。」

咲太在語音信箱留下用意之後放下話筒。

「哥哥，這種惡作劇電話，以做人的角度來說真的很不妙耶。」

吃完冰的花楓將木棒扔進垃圾桶。

「因為真的很不妙，我才會這麼做。」

到底該怎麼向麻衣說明？

只要說明理由，麻衣肯定會理解，因為她也知道這件事。然而咲太覺得麻衣絕不會原諒。

「總之，今天最好早點睡覺。」

必須儲備體力為明天做準備。

這樣才能承受任何責罵……

3

「我知道了。那今天的行程就取消吧。」

隔天，咲太在麻衣駕駛的車子副駕駛座聽她這麼回應。

是在車子停下來等紅燈的時間點。沒有行駛聲的安靜車內，只坐著趕著去上第二節課的咲太與麻衣。平常老是當電燈泡的和香為了上第一節課，已經獨自先去大學了。

「約會就改天吧。」

麻衣把手從方向盤上放開，整理從肩頭滑下的頭髮。

「咦～～」

「擅自排其他行程的你，為什麼一副不滿的態度？」

「我明明很期待耶～～」

「那句話是我要說的。」

綠燈亮起後，麻衣不是踩咲太的腳，而是稍微用力踩下游門。車子猛然起步。

「麻衣小姐，妳要更失望一點啦。」

「有喔，我確實很失望。」

麻衣烏溜溜的眼睛懷恨地看向側邊。剛才道早安的時候，咲太發現她今天化的妝比平常還要用心。

「畢竟我精心的準備都泡湯了。」

服裝也是意識到生日約會特別挑選的吧。

中間有打褶的灰色寬褲輪廓工整，給人清爽的印象；腰部像束口袋那樣束緊，凸顯出麻衣的好身材；白色女用襯衫簡單而美麗。

今天的麻衣與其說「可愛」，首先浮現腦海的是「漂亮」或「帥氣」這種詞。

後座放著下車要穿的黑色大衣。

「如果漂亮的麻衣小姐願意陪在我身旁，我會很高興。」

「我一點都不高興。」

著實挨了一記強烈的反擊。

關於這件事還是不要多嘴比較好。

「畢竟事關緊要，也無可奈何就是了。」

在這次的事件，麻衣也不能置身事外。她甚至是當事人。

正因如此，麻衣對於這次取消生日約會也表示可以理解，沒生氣就說「我知道了」。

咲太對此鬆了口氣，卻也更覺得焦急。
收到那種警告之後，麻衣應該也感到不安。
既然是另一個世界的咲太特地告知，那麼肯定不是暗示「絆到小石頭摔倒」或是「小趾撞到門板邊角」這種日常形式的危險。
最好認定麻衣即將面臨更大的危險。
咲太與麻衣至今體驗過最壞的狀況。下雪那天發生的事件。收到「麻衣小姐有危險」這段訊息的時候，不願想起的記憶在咲太的腦海中甦醒。
儘管不是以這副身體經歷，仍刻在腦中的記憶。回想起來的是在聖誕夜發生的事件。白雪逐漸染紅的那股絕望，至今依然沒有褪色。雖然沒打算忘記，卻成為絕對忘不了的傷痛殘留在咲太胸口。
這對麻衣來說應該也一樣。
即使如此，麻衣卻完全沒有顯露於言表。
「要感謝我這個明理的女友喔。」
「和妳共度的時間減少，我可不想感謝。」
「不然我也一起去吧？」
「那可不行。」

咲太自然加重語氣。

他終究不認為霧島透子會直接危害麻衣。雖然不這麼認為，但內心一角帶刺的戒心反射性地隨著咲太的聲音顯露出來。不禁顯露了出來。

當咲太發現自己失誤時已經來不及了。

由於麻衣的貼心，兩人明明可以一如往常和樂相處，咲太這句話卻將氣氛搞砸。緊張的線在一瞬間繃緊。

安撫的話語也沒能脫口而出。咲太只能懷著丟臉的心情，將視線移向照後鏡逃避。

麻衣對此輕聲一笑。

「明明不必在意的。」

「我會在意。」

「我知道你在擔心我。」

麻衣這麼說的時候，只在一瞬間看向路邊便利商店張貼的聖誕配色海報。

「畢竟聖誕節也快到了。」

真的敵不過麻衣。如果換個季節，咲太或許能更冷靜一點。

然而自從回想起一切，聖誕節將近的時候就很煎熬。看見街上以紅色、綠色與燈飾點綴，就會感受到無法言喻的寂寞與焦急。

「這個月，我會盡量和你在一起。」

「現在我想從早安到晚安都在一起。」

可以的話最好一步都不要外出，一直待在家裡。

——麻衣小姐有危險

直到明白這句話的意義。

再也不想失去麻衣了。實在無法承受那種事……

就算這麼說，把麻衣關在家裡也不切實際。畢竟她要去大學上課，也要去工作。家喻戶曉的名人一旦失聯，那才會變成壞消息吧。著實是「麻衣小姐有危險」的狀況。

「是喔，只要現在就好？」

「現在結束之後，我希望麻衣小姐從早安到晚安都和我在一起。」

「既然還能開玩笑，那就沒問題了。」

「麻衣小姐，妳不會擔心嗎？」

「有你在，我很放心。」

麻衣真的是隨口就說出令人臉紅心跳的話語。

「那個，麻衣小姐……」

「嗯？」

「到下一間便利商店的時候可以停一下嗎？」

「為什麼？」

「因為我想緊緊抱住妳。」

在行駛中的車上，安全帶很礙事。

「不准。」

「咦～～」

麻衣愉快地笑了。

只要麻衣在身旁，焦急的感覺就會和緩許多。內心的不安當然沒有全部消失，但是不能繼續說出喪氣話，不該繼續向麻衣撒嬌。

今天必須見到透子，把事情問清楚。

「話說麻衣小姐，妳說想帶我去的地方是哪裡？」

「抵達之前就好好期待吧。」

「要去看婚禮會場？」

「不是啦。」

「要拜會妳的母親？」

「你以前就見過了吧？」

麻衣傻眼地回應，揚起視線確認道路標誌。車子從藍白配色的路線指示牌下方通過。接著麻衣似乎想起某些事，突然改變話題。

「咲太，你第二節是什麼課？」

「通識課。」

「出席天數夠吧？」

「我可不是妳。」

「我也夠喔。」

關谷交流道就在前方。其實不是真正的交流道，但因為這個路口有複數道路交會，所以這麼稱呼。

接近路口的時候，麻衣打方向燈將方向盤往左切。要去大學的話應該直走往4號環狀線才對。咲太搭麻衣的車上學已經不只一兩次，所以也稍微記得路。

「麻衣小姐？」

咲太向麻衣投以理所當然的疑問。

「……」

麻衣什麼都沒回答，只是行駛在陌生的道路上。後來連接到1號國道，車子行駛一段時間之後，終於在戶塚交流道開上高速道路。

路線指示牌明顯寫著橫濱方向的地名。咲太與麻衣就讀的大學在金澤八景，雖然一樣在橫濱市內，但指示牌所寫的「橫濱」在橫濱站附近，和金澤八景是不同方向，兩地的距離也遠得搭電車要二十分鐘左右。

「難道要蹺課？」

只要是能去大學的日子，即使時間再短，麻衣也一定會去，所以難得看她這麼做。應該說這或許是第一次看她光明正大地蹺課。

「畢竟是我生日，今天放縱一下應該沒關係吧？」

握著方向盤的麻衣側臉看起來莫名愉快。咲太將在三十分鐘後得知這張笑容的由來。

長年以來矗立在橫濱港未來地區成為代表性建築物的橫濱地標大廈。麻衣將車子開進那裡的地下停車場。

在這個時間點，咲太有種不太妙的預感。不對，是相當不妙的預感。

「麻衣小姐，要在這裡做什麼？」

「跟我來就知道。」

兩人下車之後搭乘電梯。

麻衣按了三樓。

抵達的鈴聲響起，電梯門打開之後，具備開放感的遼闊購物樓層迎接咲太與麻衣。整體設計得很寬敞，空間頗有餘裕。感覺人們行走時散發的氣息也莫名從容。

「就是這裡。」

麻衣在購物樓層中特別高雅又時尚的一間店前面停下腳步。

英文字母拼成的這個店名，咲太也很熟悉。

以淡藍色為代表色，世界知名的飾品品牌。

記得以前也有電影片名用它的名字。

咲太不由得在店門口呆呆地張開嘴。

「男友送我美好的禮物當成二十歲的紀念，不覺得這樣很棒嗎？」

「……很棒。」

實際上一點都沒錯，因此咲太只能這麼回答。

「可是……」

否定的話語立刻脫口而出，就像反射性運作的防衛本能。

「可是什麼？」

麻衣在身旁以可愛的表情發問。她稍微歪過腦袋，注視咲太的臉……

好奸詐。雖然奸詐，咲太事到如今也沒有退路。

「可以當成和聖誕禮物一起送嗎？」

他好不容易擠出這句話。

「這是小時候媽媽對我說過最令我火大的一句話。」

與說出的話不同，麻衣的嘴角在笑，咲太則是完全相反的苦澀表情。麻衣留下這樣的他，獨自進入店內。

現在只能下定決心了。

「幸好昨天先領了打工的薪水，為約會做準備……」

咲太一邊感謝昨天的自己，一邊跟在麻衣身後。

朝店內踏出值得紀念的第一步。

明明只踏入一步，卻覺得空氣不一樣，氣味也不一樣，連腳底的觸感也好像不一樣。

氣氛優雅的店內只有少數展示櫃，明明足夠寬敞擺放更多商品，卻沒有全部陳列。

空間使用得相當奢侈，當然沒辦法躲在商品櫃後方迴避店員的視線。即使想混入其他客人之中，除了咲太他們，店內就只有一對情侶，甚至是店員人數比較多。

所以剛進店內，散發沉穩氣息的小姐就來打招呼。

「歡迎光臨。」

大概是二十五歲左右吧。她帶著笑容走向咲太與麻衣，但是本應用慣的待客笑容沒能維持到最後。

「請問今天想要找什……！」

說到一半，驚訝就打斷了話語。雖然沒發出「啊」的聲音，但嘴巴就這麼維持在「啊」的形狀瞬間僵住。

理由很簡單。因為「櫻島麻衣」突然出現在眼前。

不過她立刻說「恕我失禮了」回復為原本的笑容。

「方便的話，可以到裡面的桌子請教來意嗎？」

小姐稍微靠近，以另一組客人聽不到的音量這麼說。

「抱歉突然來到貴店，那就恭敬不如從命了。」

麻衣以正經的態度接受小姐的建議。

感覺逐漸被帶往不屬於自己的地方，難道是想太多嗎？咲太的心在這個空間無依無靠。

「會造成那邊客人的困擾。」

麻衣抓著咲太的手肘，跟在小姐身後。

「這邊請。」

被帶到的地方與其說桌邊，說完全是包廂還比較貼切。實際上真的擺了桌子，所以小姐並沒有騙人。

椅子是身體不會往下沉的那種沙發。

咲太就這樣受邀和麻衣並肩坐下。

店員小姐自報姓名，說「今天由我來為兩位服務」鄭重地打招呼。做到這種程度，感覺不會被允許雙手空空走出店門。

「請問要找什麼東西嗎？」

店員小姐首先向麻衣發問。

麻衣瞥向咲太，所以店員也朝咲太露出同樣的笑容。

「今天是麻衣小姐二十歲的生日。」

「原來如此，生日快樂。」

麻衣只點頭回禮。

「我想送禮物當作紀念。」

店員小姐熱衷地點頭回應，這也令咲太感到害臊。

「有沒有大學生的打工薪水也能買的東西？」

打馬虎眼也無濟於事，所以咲太從一開始就詢問最重要的事。剛才在店內瞥見的展示櫃，裡面的商品都標上驚人的價格……

「好的，會為您準備上好的飾品。方便由我挑選幾樣拿過來給您看嗎？」

「麻煩您了。」

「那麼，請恕我離開一下。」

店員鞠躬之後離開包廂。

門關上的時候，咲太終於向後靠在沙發椅背。

「呼～～」

不由得吐出一口氣。

門隨即被敲響，另一名女店員說著「抱歉打擾了」入內。咲太兩秒就和椅背離別，筆直地挺起上半身。

「請用。」

女店員在咲太與麻衣面前放上冒著蒸氣的茶杯，杯中注滿顏色像是全新紅磚的清澈液體，光是放在桌上就很香。

「謝謝。」

麻衣道謝之後，店員說「請慢用」並微微點頭後離開。

剛才的店員小姐隨即回到包廂。

她手上端著兩個展示盤。

「讓兩位久等了。」

老實說，完全沒等。為了做好心理準備，咲太甚至希望她多花一點時間。

店員隨手將茶杯移到桌旁，將第一個展示盤放在咲太與麻衣的前方中央。

像是毛氈布材質的灰色盤子裡排列著三種項鍊。心形吊飾的款式、掛著戒指的款式、四葉幸運草造型的款式。

「啊，這個……」

麻衣說著將手伸向其中一條項鍊。

她以手指碰觸並拿起來的是掛著四葉幸運草的款式。

「這是您在去年上映的電影裡所戴的款式，也有許多看過電影的客人來店詢問。」

接著，店員將另一個展示盤放在桌上。

這次是排列著三種戒指。

葉片連接成環狀的款式、兩個圓環交叉而成的款式，以及和心形項鍊成對，設計成時尚心形的款式。

每一款都散發著美麗的銀光。

「請自由試戴。」

麻衣首先選擇的是心形的戒指。

戴在右手的無名指剛剛好。

麻衣看著無名指，嘴角自然上揚。是下意識露出的笑容。

「怎麼樣？」

她直接帶著滿意的表情，讓咲太看她戴著戒指的右手。

心形戒指完美裝飾在麻衣細長又美麗的手指上，就像原本就戴在該處般自然融入。

「很適合妳。」

回應的話語非這句莫屬。

「真的很適合。」

好好等待咲太說完感想後，店員小姐向麻衣說明各種細節，咲太完全沒把這些話聽進去。

他目不轉睛地看著低調附上的價格標籤。

說來困擾，比咲太擅自想像的價格範圍友善一些。正如先前的要求，是咲太打工的薪水也買得起的金額。

「請問有您中意的款式嗎？」

麻衣將店員投過來的視線轉傳給咲太。

這是咲太要送的禮物，所以麻衣暗示「咲太你幫我選吧」。正確來說應該是命令句的「我要你選」。

「我覺得這兩個心形款式不錯。」

同樣是心形，有項鍊以及戒指兩種。
店員只將咲太精選的項鍊與戒指留在其中一個展示盤，其他的移到另一個展示盤。
右邊是戒指。
左邊是項鍊。
在視覺上也易於辨識的二選一。
再來只等咲太做出選擇。
咲太再度看向戒指。
閃閃發亮。
也確認項鍊一次。
閃閃發亮。
以價格來說，戒指貴了一張大鈔。
咲太輕輕做個深呼吸。
再做一次深呼吸。
然後……
「請給我這個。」
說完，咲太指向兩者其中之一。

「期待您再度光臨。」

被鄭重送到店外的咲太與麻衣向店員小姐鞠躬回禮，然後離開店門口。

兩人並肩走向梯廳。

自然相繫的麻衣右手，無名指上戴著設計成可愛心形的銀戒。

因為尺寸剛剛好，沒有請店家包裝而是直接戴上。

「剛才說期待我們再度光臨耶。」

麻衣捉弄般看向身旁。

「下次來買訂婚戒指吧？」

「我會姑且期待一下。」

到時候開銷應該會多一個零，得做好相應的準備。

「對了，麻衣小姐……」

「嗯？」

「生日快樂。」

「咲太你啊……」

「嗯？」

「每次都這麼晚說。」

「明年好想在晚上十二點的瞬間直接說耶～」

「那就要看工作排得怎麼樣了。」

麻衣說完，稍微大幅度地擺動牽著的手。

4

繞路去購物的咲太與麻衣在午休結束約二十分鐘前抵達大學。

學校餐廳開始明顯出現空位，已經用完餐的學生們消磨時間等待下一節課。大學裡一如往常的風景就在這裡。

咲太點了迅速出餐且能迅速吃完的清湯蕎麥麵，三百圓有找。

對荷包剛失血的咲太而言，是雙重意義的經濟實惠。

雖然這麼說，他對於今天的開銷毫不後悔。

因為在來到大學的途中，麻衣每次停車等紅燈，只要看見自己右手的無名指，就會幸福地綻放笑容……

交往至今大約兩年半，這是咲太第一次看見的表情。即使按捺也無法壓抑的情感，在那一瞬間確實表露在臉上。

既然這樣，如果能更早送她戒指該有多好。咲太甚至反過來如此後悔。

咲太一坐到空桌，較晚點餐與結帳的麻衣隨即和他並肩而坐。麻衣點了比咲太豪華的炸什錦蕎麥麵。

麻衣立刻以筷子夾起主菜炸什錦，放在咲太的湯麵上。

「今天的謝禮。」

「既然這樣，真希望妳能餵我吃。」

麻衣無視咲太的不滿，開始吃麵。

距離第三節課開始已經沒剩多少時間，所以咲太也咬下炸什錦，發出酥脆美味的聲音。

咲太與麻衣就這樣沒有交談，在午休結束之前吃完午餐。

最後含一口湯在嘴裡，柴魚高湯的香氣穿過鼻腔。

「梓川同學。」

感受著醬油隱約的甘甜時，某人前來搭話。

咲太放下麵碗抬起頭。赤城郁實就隔著桌子站在正前方。

她和旁邊的麻衣視線相對，首先稍微鞠躬致意，然後懷著歉意將視線移向咲太。

「對不起，今天也失敗了。」

郁實說完，張開手心給咲太與麻衣看。

四天前，另一個可能性的世界在她的手心寫下訊息。

在那之後，咲太拜託郁實一件事。

向那邊的世界詢問留言內容的真意。

為什麼麻衣有危險？

為什麼必須找出霧島透子？

只要知道這些，問題就幾乎算是解決了。

因為雖然不知道那邊的咲太怎麼樣，不過這邊的咲太已經找到霧島透子。

今天甚至約好要見面。

然而昨天也是，前天也是，更久之前也是……這邊的郁實發問都沒收到回應。個性正經又一板一眼的郁實每天都會來報告這件事，和現在一樣露出滿懷歉意的表情……

「我想，應該是那邊的我沒收到這邊的訊息。畢竟收到那段訊息之後，我從來沒感覺到自己的知覺和那邊的我相通……」

「那麼為了妳好，還是維持現狀吧。」

沒發生任何事，意味著郁實的思春期症候群已經完全痊癒。

「可是……」

郁實以嚴肅的表情開口。咲太知道她想說什麼，所以不以為意地搶話說下去。

「這次請不要對此感到責任，和那邊的赤城互換喔。我可不想再被怪罪。」

「……知道了。我會小心。」

大概是稍微聽懂咲太的玩笑話，郁實的表情取回些許從容。不過老實說，咲太不知道她理解到什麼程度。

對方是赤城郁實，整個人就像是以「正經」這兩個字塑造而成。

將訊息傳達給咲太的她絕對會認為自己有責任。這份意念肯定比咲太想像的還要強烈。

赤城郁實就是這樣的人。咲太先前才深刻感受到這一點，所以關於這方面不能掉以輕心。郁實的「我知道了」與「沒問題」，恐怕很少會是字面上的意思。

「知道什麼的話，我會立刻通知你。」

郁實向咲太這麼說，再向麻衣鞠躬致意之後，離開兩人的餐桌。上里沙希在學校餐廳的入口附近等她，兩人一邊交談一邊走向校舍。看來即使對調回來，郁實依然和沙希維持著友誼。

這對郁實來說應該是好事。不過對被沙希投以不悅視線的咲太而言，不太樂見這種狀況……

通知下午課程即將在五分鐘後開始的預備鈴聲響起。

悠哉閒聊的學生們慢慢開始行動。

咲太與麻衣也放回餐具，前往主校舍。

「麻衣小姐，妳晚上會在家吧？」

「會在你家。」

「妳真的很愛我耶。」

「和香說她會買蛋糕，所以想找花楓一起吃。」

麻衣把手機通訊軟體留下的對話紀錄拿給咲太看。和香很高興約會取消。不可原諒。

「她問要不要留你的份。要嗎？」

「請幫我回她『當然要留』。」

「那麼咲太，小心點喔。」

兩人在主校舍的二樓暫時停下腳步。麻衣上課的教室在二樓，咲太在三樓。

「我才要說，請麻衣小姐一定要小心。」

「畢竟要是我出了什麼事，你就會哭了。」

「一點都沒錯。」

大概是對咲太的回答感到滿意，麻衣輕揮戴著戒指的右手，進入教室。

「今天的麻衣小姐可愛到不行。」

咲太細細品嚐這份喜悅，前往三樓的教室。

希望這樣的時間今後也能持續下去……上完課之後，咲太要去見聖誕女郎。

5

第四節的通識課在鈴響十分鐘前結束。

「雖然有點早，今天就上到這裡。」

教授收拾教材之後慢慢走出教室。沒有學生抱怨提早結束，朋友之間立刻開始閒聊。

「那麼，回去吧。」

向咲太這麼說的人是上同一堂課的朋友福山拓海。他收好文具用品，起身揹起背包。

「抱歉，我今天有事。」

「約會嗎？真羨慕。好好享受吧，再見。」

接連吐露各種情緒之後，拓海迅速離開了。

「那傢伙真忙。」

咲太說完這句感想，另一個學生前來搭話。

「梓川同學，Hola。」

以西班牙語打招呼的人是國際商學系一年級的美東美織。由於和統計科學系的咲太不同系所，只會在第二外語選修的西班牙語或這門通識課一起上課。

「美東，妳今天一個人嗎？」

記得她平常都會和女性朋友們一起上這堂課。

「真奈美他們蹺課去玩了。」

「只有女生？」

「男生也一起。」

「是妳迷路沒去參加的那場聯誼的成員？」

「沒錯。」

話中隱含些許鬧彆扭的音調，或許是因為被當成外人排擠了吧。八成是這麼回事。

「那太好了。」

「你很討厭耶～」

美織瞇細雙眼，向咲太宣洩不滿。連原本應該對女性朋友們表達的不滿都宣洩在咲太身上。

她這種個性不知為何令咲太抱持好感。

「因為如果妳去了就會一枝獨秀備受歡迎，招致朋友眼紅吧？」

「我真是一個讓人感覺很差的女人。」

聽起來像是開玩笑，也像是認真的。
至少美織是自覺周圍的人對她這麼想才會這麼說。
「啊，不提這個，我看見麻衣小姐了。」
美織突然改變話題，雙手撐在桌面探出上半身。
「當然會看見啊，畢竟就讀同一所大學。」
「第三節的基礎英語我們一起上課，她的手閃閃發亮耶～～」
美織語氣變得怪怪的，並且消遣咲太。
「那是你送她的生日禮物吧？」
「妳沒問麻衣小姐嗎？」
「幸福的光環太耀眼，我不敢問。好好喔～～戒指。」
美織一臉陶醉地仰望天花板。
這個反應令咲太略感意外。
他不太能想像美織對戒指懷抱特別的情感。
然而咲太的這份認知並沒有錯。
美織接下來的發言讓咲太得知剛才那段話的真意。
「我也好想送禮物給麻衣小姐。」

「妳是收禮物的那一邊吧？」

「目前沒人會送我，所以我收到也不會開心？」

美織說著似懂非懂的話，歪過腦袋。咲太並不是無法理解她想表達的意思。總歸來說，送禮的對方要有這份心，收禮的自己也要有這份心，這樣才會開心。這就是她想表達的意思吧。並不是戒指這個東西本身有其意義。美織說她根本沒有「希望這個人送我禮物」的對象。

「啊，順帶一提，我的生日是……」

「美東，妳就是因為會說這種話才這麼受歡迎。」

咲太打斷她，提出精確的建言。身為朋友候補的職責就是要把該說的話說出來。

「我只會對你這麼說啦。」

「妳就是因為會說這種話才這麼受歡迎。」

話剛說完又犯了。

「那我應該對男生說些什麼？」

美織以鬧彆扭的表情看向咲太，簡直把咲太當壞人。

「『今天天氣真好』之類的？」

「這樣哪裡有趣？」

咲太是在暗示聊這種無聊的話題就好，不過美織沒聽懂。

此時，宣告第四節課結束的鈴聲終於響起。

「我第五節也有課，先走了。Chao。」

美織微微揮手之後，單手拎著托特包走出教室。

咲太沒有目送她的背影到最後，也跟著離席揹起背包。

既然鈴聲響完，就不能悠哉下去。

咲太和透子說好上完課要聯絡她。

像美織這樣要上到第五節課的學生不多，所以第四節課結束的大學裡，放學後的氣氛逐漸變得明顯。

有學生去參加社團或同好會的活動，也有學生趕著打工，行程各有不同。

咲太走出主校舍，看見許多學生在林蔭步道上魚貫走向正門。

他獨自離開人潮，前往鐘塔旁邊的公用電話。

除了咲太以外沒看過別人使用，實質上可說是為了咲太而存在的電話。

咲太拿起話筒，投入預先準備的零錢。剩下的十圓硬幣堆在電話上面備用，然後依序按下十一個號碼。

電話發出響鈴聲之後立刻接通。

大概是在操作手機的時候接到電話吧。速度就是這麼快。
「我是今天跟妳約好的梓川。」
『我在正門等你。』
只聽到這句簡短的回應，電話就掛斷了。
收回沒機會登場的十圓硬幣之後，咲太離開公用電話。
依照指示，走在林蔭步道上趕往正門。
只走一小段路，就可以從走在前方的學生之間看見目的地。
但是門邊沒有迷你裙聖誕女郎。
即使走出正門，也沒發現身穿大紅色服裝的透子。
「所以是要我等嗎？」
記得剛才對方在電話裡說的是「我在等你」……
咲太懷著納悶的心情移動到角落以免阻擋人潮。
已經有一個人先在那裡了。
大概和咲太一樣在等人會合吧。
偏短的褲裙，黑色褲襪配上靴子，在軟綿綿的毛衣外面披上一件長大衣的女學生。
靠太近會被懷疑，所以咲太和她充分間隔了約五步的距離等待透子。

接著不知為何，旁邊的女學生向他搭話。

「這是在開什麼玩笑？一點都不好笑啊。」

咲太聽到聲音才終於察覺。

「霧島小姐，讓妳久等了。」

他面不改色地回應。

「原來聖誕老人也會穿普通的衣服啊。」

對認定透子會以迷你裙聖誕女郎裝扮現身的咲太來說，這完全出乎意料。妝容的感覺也和聖誕女郎那時候不一樣。以往眼妝給人的印象強烈，但今天整體打扮得很自然。

「你這麼遲鈍，不會惹女朋友失望嗎？」

「她經常對我說喜歡我。」

「跟我來。」

透子沒有要聽咲太曬恩愛，離開正門。

她行走的方向和金澤八景站完全相反。首先沿著京急線的線路朝橫濱方向走了五分鐘左右，遇到河流之後轉彎，又沿著河岸走了五分鐘左右。

景色隨著時間逐漸變成住宅區。

離開大學經過十五分鐘時，咲太迷失在巨大的公寓森林裡，設計時尚的建築物在前方與後方連綿不絕。咲太擅自想像這是歐式風格，而且是氣候比較暖和的地區……

總之，這裡的街景和站前或大學都截然不同。要是被矇著眼睛帶來這裡，說不定會在一瞬間以為來到國外。

「妳住在這附近嗎？」

「……」

咲太的問題完全被無視。

透子繼續走向公寓森林深處。外人可以擅自進入這個住宅區嗎？咲太如此擔心的時候，透子突然停下腳步。

林立的公寓一角，租用一樓店面的蛋糕店前方。

透子坐到空無一人的露天座位。

「蒙布朗與伯爵茶。」

她向咲太這麼說。

惹她不高興會很麻煩，所以咲太乖乖進店內點了蒙布朗與伯爵茶。今天動不動就有額外的開銷，荷包快被搾乾了。

咲太告知店員要在露天座位用餐之後走到店外。

這間店的蒙布朗蛋糕好像是在點餐之後現擠栗子鮮奶油。咲太在展示櫃找不到自己想像中的

蒙布朗就是這個原因。而且因為重視鮮度，店員說明最好在兩個小時內吃完。

「妳喜歡蒙布朗嗎？」

咲太一坐到透子的正對面就這麼問。

「這間的特別好吃。」

咲太做好了被無視的心理準備，卻聽到率直的回應。換句話說，霧島透子喜歡蒙布朗。這個情報沒有意義，卻是認識透子這個人的一小步。

此時，期待已久的蒙布朗上桌了。蛋糕盤與茶杯擺在咲太面前。

「您喜歡蒙布朗嗎？」

女性店員最後放上叉子之後，問了咲太剛才問的問題。

「聽說你們這間店的特別好吃。」

或許看起來像是愛吃甜食的男生獨自走訪蛋糕店吧。八成是這麼回事。

聽完咲太的回應，女性店員微笑著說句「請慢用」之後回到店內。這段期間，她連一次都沒注意到坐在正對面的透子。

看來果然只有咲太看得見。無論是打扮成聖誕女郎還是穿上普通衣服，這一點都沒變。

「請用。」

咲太將蒙布朗遞到透子面前，紅茶杯與叉子也一起遞過去。

透子拿起叉子，輕輕合起雙手。

「我開動了。」

她輕聲這麼說。

無論是獨自一人還是有其他人在，這麼做的習慣已經養成。她的動作就是如此自然。

透子首先嚐一口期待已久的蒙布朗。蛋糕的滋味令笑意湧上心頭，臉上寫著「好好吃」。

「霧島小姐，除此之外還有什麼困擾的事嗎？」

「你說的『除此之外』，是除了什麼之外？」

「除了『沒有我就吃不到這裡的蒙布朗』這件事之外。」

「……」

「妳這個狀況是思春期症候群吧？」

「除了吃不到這裡的蒙布朗，沒有其他困擾的事。」

透子斷然回應。

「比方說買東西呢？」

麻衣那時候多少有點不方便。

「現在在網路上什麼都買得到。」

「簽收呢？」

一直是透明人的話沒辦法蓋章。

「現在有宅配箱，最近指定放置點交貨的做法很普遍吧？」

「……」

「怎麼突然不說話？」

「我總覺得沒有夢想。聖誕老人居然說出網購、宅配箱、指定放置點交貨這種話。」

「我很感謝現在是充滿夢想的便利的時代。」

確實也可以這麼解釋。或許從以前的人看來，咲太他們如今生活在古早電影或小說裡描寫的夢想世界。

「所以妳滿足於現狀是吧？」

「還沒滿足喔。我希望更多人聽我的歌。」

咲太不是在問音樂活動的事，透子也知道這一點，明知如此卻只說自己想說的事。對話逐漸稍微離題。

滿難對付的。

「這種事，即使不是透明人也做得到吧？」

「繼續當個透明人也做得到吧？」

透子真的很難對付。

「變成這樣的原因，妳心裡有底嗎？」

麻衣不被眾人認知的時候，有一個可以信服的理由。

所有人都認識從童星時代就活躍至今的「櫻島麻衣」，麻衣隨時隨地都暴露在他人的視線之中。

峰原高中的全校學生與教職員也很為難，不知道該怎麼對待藝人「櫻島麻衣」。

咲太認為就某種意義來說，雙方的利害關係是一致的。

整間學校一直對麻衣視而不見，結果麻衣逐漸不被人們所認知，也從記憶裡消失。

別人看不見也無法認知。只看這個狀況的話和透子很像，但是以麻衣的症狀來說，條件相當特殊，所以要套用在這次的案例有點難。情況基本上就不一樣。

雖說「霧島透子」的名字與歌曲廣為人們所知，卻沒有任何人知道這個神祕網路歌手的真實身分。包括長相、年齡、出身地、鞋子尺寸、愛吃蒙布朗……都不為人知。所以透子不必迴避視線，旁人也不會苦於如何對待透子。

「應該是煩惱某些事才會變成這樣吧？」

無法自己點想吃的蒙布朗，必須使喚咲太才吃得到。

「原來你想治好我的思春期症候群？」

這不是在回答咲太的問題，也不是否定的話語。

「既然轉移話題，就證明妳心裡有底吧？」

透子並沒有說自己沒有煩惱。

「這是為了我？」

透子對此也沒有否定。

「還是為了某人？」

她只回以這個問題，同時完全不改態度。她臉上沒浮現慌張的神情，眉毛連動都沒動一下。

看來即使相同的問題問再多次，也無法期待話題會有所進展吧。

「當然是為了我自己。」

咲太不得已，決定照著透子的對話走，說不定可以找到別的線索。

「但是就算我繼續當個透明人，也和你無關吧？」

「我也作了夢，夢境成真的那種夢。」

不知道是什麼時候收到禮物的，也沒有收到禮物的自覺。但是咲太作了莫名真實的夢，而且成真了。和夢境一樣，咲太在補習班成為紗良的指導老師。

「如果那場夢是思春期症候群，我才要說你內心應該有煩惱吧？」

「當然有。因為我遇見了只有我看得見的聖誕老人。」

「原來如此，看來治好我的思春期症候群確實對你有好處。」

只有這句缺乏明顯情緒的話語隨著蒙布朗的甜美香氣回覆給咲太。

「今後妳也會讓別人思春期症候群發作嗎？」

咲太希望自己身邊不要有人引發奇怪的現象。如果會因而讓麻衣遭遇危險，咲太就絕對要阻止才行。

「我只是將歌曲傳達給大家，只是回應影音網站觀眾們的聲音。『是一首好歌』，『感覺得到救贖了』、『像是幫我唱出心情』、『想聽更多』……所以我會繼續唱。」

這麼做哪裡錯了？感到不解的透子歪過腦袋。

哪裡都沒錯。透子沒犯下任何罪。

不過，這不是可以無視的話語。透子再度沒有正確回答咲太的問題。她不經意說出的話切入某種核心。

「看來妳知道自己的歌引發了別人的思春期症候群。」

「……」

插在蒙布朗上的叉子停止動作。

正因如此，之前對於卯月的事件，透子才會說出「讓她學會察言觀色」這種話。因為經由歌曲傳達了，經由影音網站散播了。

透子以這種方式將思春期症候群這個禮物發送給一千萬人。比對影片的播放次數就證明這不

是荒唐的數字，得以證明。

咲太也是按下播放鍵的其中一人。

「下次什麼時候會唱歌？」

對於咲太的問題，透子輕聲嘆氣。

「今後電話一直響也很煩，我就特別告訴你吧。」

透子那洋溢滿滿自信的雙眼看著咲太，像是覺得開心般帶著笑容。

「我正在準備新歌，希望大家在聖夜聆聽的聖誕歌曲。」

「聖夜」指的當然是平安夜。十二月二十四日。如果透子的歌真的有引發思春期症候群的能力，當天可能會發生某些事，或者是那天之後發生事件的可能性會增加。

「所以要當個好孩子乖乖等喔。」

「我照做的話會有好事嗎？」

「聖誕老人送的禮物是用來讓大家幸福的東西吧？」

透子看起來不像在說謊，也不是在捉弄咲太。透子認為發表新歌能讓大家幸福，看她的表情也感覺得到她在期盼那天的到來。然而，這麼一來就和「麻衣小姐有危險」沒有交集，和「找出霧島透子」扯不上關係。

「既然妳說『大家』，那個高中生也會有好事嗎？」

咲太看向正在公寓停車場停放腳踏車，身穿立領學生服的男高中生。

「只要他當個好孩子。」

「那個人也會有嗎？」

蛋糕店內，打工的女大學生正在將咖啡端到餐桌。

「只要她當個好孩子。」

「那麼，麻衣小姐也會有嗎？」

這樣下去沒完沒了，所以咲太若無其事地說出女友的名字。

「……」

感覺透子的眼神只在瞬間出現變化，但真的是太短的一瞬間，沒能解讀那是什麼情緒。唯一確定的是她聽到麻衣的名字就產生某種情感。

「應該不需要吧？她什麼都有了。」

語氣毫無變化，完全是剛才的透子，不同的是話語。這應該是第一次。透子第一次對咲太以外的人清楚說出她個人的評價……

「難道妳討厭麻衣小姐？」

感覺話語背後有這種氣息。

「我曾經討厭她。」

透子脫口承認，不過是以過去的心情來說。

「現在沒有嗎？」

「現在她和一個古怪的男生交往，我稍微對她有好感了。」

這想必不是稱讚，明顯有輕視般的語氣。尤其對於面前的咲太，透子確實在消遣他，的確在捉弄他。不過透子形容為「好感」的情感本身應該是真的，聽起來是真心話。

如果相信現在透露的情感，感覺透子並不會危害麻衣。如果真的會危害，事情就會變得單純好懂，但不得不說可能性極低。

為了確定這個想法，咲太決定進一步試探。

「妳不會對麻衣小姐做任何事吧？」

咲太忍著不眨眼，觀察透子的動靜。

透子首先做出的反應是疑問。

「這是在說什麼？」

緊接著做出的反應也是純粹的疑問。透子稍微歪過腦袋，注視咲太。真要說的話，看起來也像是對咲太這句話感到為難。

「是在說我很喜歡麻衣小姐。」

咲太移開視線，收起剛才想進一步試探的心情，向後靠在椅背上。咲太放心了。因為看見透子的反應，就覺得她直接造成麻衣危險的可能性極低。

「她喜歡的男生類型真的很古怪。既然待在演藝圈，應該有更多不同的選擇。」

透子將剩下的蒙布朗送入口中仔細品嚐，然後也將完全放涼的伯爵茶一飲而盡。

把見底的茶杯放回碟子上。

然後靜靜起身。

這是「話就說到這裡」的暗號。雖然這麼說，但可不能就這麼讓她回去。花錢請她享用蒙布朗與伯爵茶的人情還沒討回來。

「最後方便問一個問題嗎？」

「什麼問題？」

「讓許多人聽到自己唱的歌，是什麼樣的感覺？」

咲太坐在原位，筆直注視著透子，提出這個問題。

唱歌。

唱給許多人聽。

對透子來說，這是現在最重要的事。

今天聽她說完，咲太強烈感覺到這一點。正因如此，咲太想試著問清楚。

透子嘴角自然一笑。那副表情代表咲太問到她想被問的事了。

「沒有比這更令人痛快的事喔。」

透子帶著滿足的表情看向咲太，雙眼綻放優越感的光輝，愉悅的情緒對著咲太發笑。

非常真摯，出自本能的情感。

這麼痛快的事根本戒不掉，沒有收手的理由。

話語、情感、表情……述說著她對歌曲的執著。

「今天感謝招待。」

大概是對咲太最後的問題感到滿足，透子說聲「再見」揮揮手，獨自開心地離去。咲太就這樣目送她的身影直到看不見。

後來，露天座位開燈了。天空已經呈現夜色。

現在的心情有點難以化為言語。

某些事明白了，也有某些事變得更不明白了。

情報與狀況在咲太腦中複雜交錯。

即使如此，還是得到了一個很大的提示。

霧島透子的新歌。

平安夜最好要小心一點。

「總之先買蒙布朗回家吧。」

得知最好在兩個小時內吃完，咲太也想吃一次看看。要仔細思考就等吃完甜食再說吧。

今天是麻衣的生日。以吃蛋糕的理由來說，沒有比這天更適合的日子。

6

吃蒙布朗的期限還有三十分鐘以上時，咲太回到住慣的藤澤市。

即使知道兩個小時一定回得來，在電車抵達藤澤站之前，心情依然像是抱著一顆定時炸彈般完全無法平靜。

如果電車誤點……發生事故或某些狀況而停駛……出任何事都可能超過品嚐蒙布朗的期限。

幸好電車按照時刻表所示，將咲太載到藤澤站。

再來只要以自己的雙腳走回公寓就好。咲太盡量避免搖晃蛋糕盒，快步踏上歸途。

就這樣平安抵達家門口。蒙布朗完好無傷，期限也還沒到。咲太懷著鬆一口氣的心情打開門鎖。

「我回來了。」

咲太朝室內打招呼，在玄關踩下第一步。他的腳在這時候靜止了。

鞋子在腳邊大塞車，都是女生的鞋子。

咲太將鞋排在尾端，跨一大步踩上玄關。

感覺得到有人，但是室內沒傳來說話聲，傳入耳中的是帶著女性歌聲的音樂。

儘管是陌生的曲子，歌聲卻不陌生。

快節奏的輕快曲風非常悅耳。

不過歌聲與歌詞隱約給人寂寞惆悵的印象。

在這個時間點，咲太回想起透子今天說的話。

「不會吧……」

這難道就是聖誕歌曲？

為了確認這一點，咲太快步走向客廳。

「咲太，你回來啦。」

聚集在電視前面的四人之中，只有麻衣轉身看向咲太，另外三人只開口說「歡迎回來」，注意力完全放在電視上。電視和筆記型電腦連線，正在播放影音網站的影片。

純白的雪；從房內觀看的某人的視線；在腳邊磨蹭的貓；除此之外沒有任何人的空間。躺在床上的某人像是要抓住什麼，朝天花板伸手……但是該處空無一物。

你現在在哪裡　和誰在一起　正在想什麼
我現在獨自在家　和貓在一起　思念著你

但我不會寂寞　不會悲傷　也不會哭泣
胸口不會難受　也不會痛　不會揪心憂愁
所以……

說給我聽吧　我不想聽　你所喜歡的人
我想知道　我不想知道　我所喜歡的人

只看影像沒有任何特別之處。

搭配歌聲與歌詞之後，就傳達出一股莫名的窒息感。

歌名是〈I need you〉。

公開日期是今天，短短一小時前。

透子說她希望大家在聖夜聽這首歌，所以咲太掉以輕心了。

擅自認定應該不會在今天發表。

上傳者欄位寫著「霧島透子」。

終於，歌曲迎來結束。

瞬間的寂靜。

花楓朝筆記型電腦伸出手，降低音量之後再度按下播放鍵。

「哥哥，你回來啦。」

然後她重新這麼說。

「嗯。」

咲太的視線移向花楓身旁的和香……以及另一人。

「為什麼月月會在這裡？」

咲太知道麻衣與和香會來，卻沒想到連卯月也在。剛才在玄關覺得鞋子數量不對，就是因為沒算到卯月。

「我來吃蛋糕。」

餐桌上的一整顆蛋糕已經吃到只剩下一人份。

「應該說是來幫麻衣小姐慶生才對吧？」

「生日快樂歌剛才唱過了。」

「我跟花楓也有一起唱。」

和香如此補充。
「是喔……」
咲太看向花楓。
「這樣又沒關係。」
花楓不知為何瞪了咲太一眼。
「咲太，那個盒子是？」
麻衣視線落在咲太手上。
「保存期限剩下十五分鐘的蒙布朗。」
明明已經吃過一塊蛋糕，花楓、和香與卯月三人卻輕鬆吃掉蒙布朗。「甜食裝在另一個胃」這句話說得真好。
買回來的四個蒙布朗，最後一個由咲太與麻衣各吃一半。接著將用過的餐具清洗收拾完畢之後，時間將近晚上八點。
「那我送卯月去車站。」
「月月，妳今天不住麻衣小姐家？」
「明天一大早要遠征廣島。」

卯月笑著朝咲太比出勝利手勢。

「得回家打包行李才行。」

卯月一邊說一邊跟和香一起走向玄關，特地穿上大衣的花楓跟在兩人身後。

「我也要一起走一段路，想去一下便利商店。」

「好，路上小心。」

洗完碗盤正在擦手的咲太看向玄關，只從門縫看見卯月揮著道別的手。門喀嚓一聲關上。

咲太回到客廳。

「連花楓都為我們費心了。」

麻衣帶著笑容。

至少在生日這天和戀人享受兩人世界，就算有這樣的時間也應該不會遭天譴。

「機會難得，要親熱一下嗎？」

「不要。」

「咦～～」

「不提這個，你見到她了吧？」

這裡說的「她」是霧島透子。

麻衣看向裝著蒙布朗帶回家的蛋糕盒。

透子說「正在準備」的聖誕歌曲，在剛才聽到了。這麼一來，感覺見到透子之後的進展已經消耗殆盡。

即使如此，咲太還是盡量將稍早和透子的對話告訴麻衣。

今天的透子不是迷你裙聖誕女郎。

被要求請她蒙布朗與紅茶。

透子也知道自己的歌曲會誘發思春期症候群。

而且透子說她「曾經討厭麻衣」。

「麻衣小姐，妳做過什麼事嗎？」

「沒有。何況我沒見過她。」

「可是以妳的狀況，也可能會被單方面嫉妒吧？」

麻衣身為演員，身為模特兒，都建立起穩固的地位。童星時代就廣為人們所知，是受到廣泛年齡層支持的存在，因此會有人抱持否定意見，懷抱著不是滋味的情緒。因為嫉妒與偏見也是人類的真實情感。

「也對。」

麻衣理所當然般接受咲太的指摘。麻衣知道即使自己只是拚命完成眼前的工作，還是會有人因而受傷。和香也是一度差點被這種情感吞噬的人們之一。

「不過依照你的推測，她不會直接危害我吧？」

「是的。」

咲太認為透子確實對麻衣抱持某種情感，但感覺不到會造成案件或事故的陰沉危險性。如今咲太覺得她說的「曾經討厭」，真要說的話應該是「過於耀眼而不去正視」的心理反應。

這麼一來，果然必須提防理央說過的第二種可能性。

除此之外，透子話中令咲太在意的點就是「希望大家在聖夜聆聽的聖誕歌曲」這句話。聖誕歌曲正如其名是聖誕節的歌曲，她或許會在聖夜採取某些行動。

「我說啊，咲太……」

「嗯？」

「二十四日跟二十五日的行程記得空下來。」

「為了和妳共度，我早就空下來了。」

「為了讓你安心，這兩天我會一直陪著你。」

「真的嗎？」

「就去箱根的溫泉悠閒地度假吧。」

「請不要在最後關頭說『抱歉，要工作』喔。」

咲太以往已經因而難過好幾次了。

「我已經拜託涼子小姐絕對不能排工作，沒問題。」

然而，即使如此也不能掉以輕心。

「豐濱與花楓不會一起去吧？」

「和香有聖誕演唱會，花楓說要去看演唱會，看完再和父母一起過聖誕節。」

甜蜜子彈的聖誕演唱會是每年的慣例，咲太也確實聽花楓說過當天的行程。單獨和麻衣共處的時間已經沒有任何阻礙。

「這就是我送你的聖誕禮物。可以吧？」

不用說，咲太當然「呀呼～～！」地開心大喊。

然後，在這天夜晚……梓川咲太作了一個不可思議的夢。

第二章

祕密與約定

1

十二月二十四日。

平安夜這天早晨，咲太被那須野踩臉而清醒的時間是比平常晚的八點多。

如果大學從第一節就有課，這個時間肯定會遲到。但咲太今年的課已經在前天全部上完，下次上課是過完年的事，因此實質上已經放寒假了。

所以咲太可以包裹在溫暖的冬季被窩盡情賴床，即使敗給回籠覺的誘惑也無妨，也沒有打工的行程。儘管如此，咲太還是從幸福至極的床上起身，因為他有一個重要的約定。

「好冷。」

接觸到冰冷空氣而發抖的咲太走出房間。

來到客廳，首先餵那須野吃飯。乾飼料發出清脆聲響落在碗裡。

然後一邊以烤麵包機烤土司，一邊打開爐火煎荷包蛋與熱狗。

慣例的早餐菜色，咲太在那須野旁邊享用完畢。

迅速收拾餐具，接著啟動洗衣機。

等待的這段時間回到客廳打開電視。在鮮少看電視的這個時段，不太清楚哪一台在播什麼節目。隨便轉台轉了一輪之後，花楓睡眼惺忪地走出房間。

「哥哥，早安……」

「要吃早飯嗎？」

「要。」

花楓打著呵欠坐在餐桌旁。咲太把剛才煎好的荷包蛋與熱狗擺在她面前。

「我想喝熱可可。」

咲太在熊貓馬克杯裡倒入熱可可，把剛烤好的土司當成蓋子放在上面端給花楓。

吃完荷包蛋與熱狗的花楓把土司撕成小塊再蘸熱可可送入口中，露出津津有味的表情。

「花楓，妳幾點要出門？」

咲太先前問花楓，得知她今天預定要和朋友鹿野琴美去看「甜蜜子彈」的聖誕演唱會。看完之後好像要回父母住的橫濱老家一起吃蛋糕。

「十點多。午餐會和小美一起吃。哥哥呢？」

「我要到中午過後吧。」

聊這個話題的時候，洗衣機發出嗶嗶聲呼叫咲太。

「幫我和爸媽說，我過年的時候會回去看他們。」

咲太走向盥洗室的同時對花楓這麼說。

「知道了。」

背後傳來花楓嚼著土司的模糊回應。

晾好衣物，打掃房間，目送花楓外出之後，咲太開始進行自己的準備，和剛才跟花楓說的一樣，在中午過後出門。

「那須野，麻煩你看家喔。」

正在洗臉的那須野發出「喵～～」的叫聲送咲太外出。

咲太前往距離公寓徒步十分鐘左右的藤澤站。可以轉乘ＪＲ、小田急、江之電的神奈川縣藤澤市中心。

對咲太來說是熟悉的站前景色。不過今天看起來不太一樣，感覺來往的行人比平常多。看得見好幾個人除了平常使用的包包還提著小小的禮物袋，也有許多人是平常少見的精心打扮。

咲太在車站北門通往各處的立體步道上眺望著洋溢平安夜氣氛的人潮。

家電量販店前方的小廣場正好適合駐足，零星可見正在等人的男女，咲太也是其中一人。

一人，又一人。等待的對象現身之後，一起愉快地走向驗票閘口消失身影。有人牽手，有人挽手，有人維持著有些緊張的距離感……各自準備享受今天的節日。
矗立在廣場的大時鐘，指針走到十二點二十九分。
距離會合的時間還有一分鐘。
咲太目不轉睛地看著指針轉動。
「讓你久等了。」
此時，背後傳來聲音。
咲太慢慢轉過身去。
映入眼簾的是年紀比他小的女生。
姬路紗良。
白色毛衣外面穿著甜蜜巧克力色的大衣，下半身是深灰色基底的格紋迷你裙。在寒空底下裸露的健康美腿好耀眼，腳上穿的是黑色短靴。整體偏穩重的色調之中，聖誕風格的大紅色圍巾引人注目。
一旁原本在看手機的男性明顯看了紗良兩次，肯定是在想「這女生好可愛」。
「請說感想。」
有點調皮的紗良的表情在向咲太要求「可愛」與「很適合妳」的評語。
「好冷。」

咲太看著她裸露的雙腿說出真心話。看的人比較冷，實際上背脊真的冒出一陣寒意。

「既然說得這麼壞心眼，就請咲太老師幫我挑衣服吧。」

紗良裝模作樣地鼓起臉頰，視線略帶挑釁。

「那就這麼辦吧。」

「咦？」

「到了傍晚會更冷，我們繞個路吧。」

咲太說完，走向內部有平價服飾店的車站大樓入口。

「當……當真嗎？」

剛才只是在開玩笑的紗良露出為難的模樣跟了過來。

「看妳穿這樣，我真的會冷。」

這是咲太毫無虛假的真心話。

「我不是這個意思啦。老師明明知道，真奸詐。」

咲太隨意將紗良的不滿當成耳邊風，快步走進車站大樓。

大約花三十分鐘買完東西，咲太與紗良在江之電藤澤站搭乘開往鎌倉的電車。

兩人並肩坐在角落的空位。

在行駛的電車上，紗良忿恨不平般看著向前伸直的腿。她的腿包覆著黑色窄管丹寧褲。

「這樣會擋到人，把妳的長腿收好。」

咲太提醒之後，紗良默默彎曲雙腿坐正。

「今天的衣服，我是從一星期前就費盡心思決定的。」

紗良的語氣聽起來像是在學級討論會上發表言論。

「妳應該先和今天的氣溫討論過再決定。」

電車停靠在下一站，然後再度慢慢起步。

「咲太老師，你在約會的時候喜歡迷你裙加上裸腿吧？」

「當然是這樣沒錯，但我可不能害學生感冒。」

「我的話沒問題。」

「試提出根據作為證明。」

咲太以考卷出題的方式發問。

「因為平常穿的學校制服比較短。」

紗良故意以機械式的語氣證明自己說的沒錯。

她的眼睛看著站在車門前方的女高中生。裸腿加上迷你裙。

「那樣不會冷嗎？」

「當然會冷啊。」

「我想也是。」

例如樹里會在裙子底下穿運動長褲，但咲太沒看過紗良這麼穿。比起保暖應該想更優先注重「可愛」，她現在就是這種年紀吧。

電車停靠在七里濱站，距離咲太母校暨紗良就讀的峰原高中最近的車站。數名身穿制服的學生下車了。看他們提著大包包，大概是排球社吧。看來即使是平安夜依然有社團活動。

車門關閉，電車再度起步。

電車慢慢經過平交道，繼續慢慢行駛，停靠在下一站稻村崎站。由於要和開往藤澤的電車會車，等待一段時間之後再度起步。

車窗外不時可以從建築物的縫隙看見海。

這麼一來，忍不住就會在窗外尋找海。等待下一道縫隙的時候，電車停靠在極樂寺站。和站名相符，是非常寧靜的車站，上下車的乘客也很少。

「咲太老師，還記得那個約定嗎？」

在寧靜的車內聽到的紗良的聲音洋溢著和剛才不同的氣氛。

「嗯？」

「不讓我的思春期症候群痊癒的約定。」

「記得。」

「可是，咲太老師是騙子。」

紗良笑著這麼說，在咲太面前伸出自己的小指。是要打勾勾的意思。

「……」

咲太默默以小指勾住時，電車關閉車門，隨著車掌「要發車了」的指示起步。周圍立刻變暗，這是因為電車進入了隧道。江之電唯一的隧道就在極樂寺站與長谷站之間。

光線被遮蔽，行駛在隧道內的車聲籠罩車廂。

「切手指賞一萬拳。」

紗良以只有咲太聽得到的音量唱出立誓之歌。

「如果說謊……」

電車在這段時間行駛在隧道內，朝著前方的光線前進。

「要吞一千根針。」

出口快到了。

「打勾勾了。」

車內逐漸恢復明亮時，紗良說出最後一句。

咲太的小指離開紗良的小指。穿過隧道的電車內被耀眼光芒照亮，令人不禁閉上眼睛。即使

如此，視野依然染成一片白。對此感到詫異的時候，連意識都逐漸被塗抹成白色。

然後，覺得哪裡怪怪的這一瞬間……咲太清醒了。

首先看見的是自己剛才打勾勾的右手，以及反覆舔著右手小指的那須野的臉蛋。那須野後方是熟悉的臥室白色天花板，搬到藤澤之後每天仰望的天花板。

「剛才那是夢嗎……」

咲太懷著難以置信的心情起身。包括床、床單、書桌、窗簾……都讓咲太理解到這裡是他的房間。

放在枕邊的時鐘顯示日期是十二月三日。

「這裡是現實世界吧？」

仰望咲太的那須野打了一個大呵欠代替回應。

2

「梓川，那桌收完之後就休息吧。」

咲太拿起吃完的漢堡排鐵板與飯的盤子時，正在用酒精消毒後方座位的店長這麼說。

午餐時間的擁擠人潮離去，連鎖餐廳內的空位明顯變多。

「那我去休息了。」

「啊，對了。」

咲太端著餐具正要離開外場時，店長一臉像是想起什麼的樣子叫住他。咲太終究不能無視。

「店長，什麼事？」

「聖誕節可以排班嗎？二十四日跟二十五日，其中一天就好。」

「不好意思，我有約了。」

「我想也是。畢竟是聖誕節啊。」

「不好意思。」

咲太重複道歉之後微微低頭致意，這次真的回到內場了。

將餐具交給清洗區的兼職阿姨，倒了一杯職員專用的茶，走進休息室。

放茶杯的桌上貼著寫有「有聖誕獎金！誠徵工作夥伴！」的紙，還附上「也有蛋糕喔」這句話。能明顯感受到店長有多麼拚命找人。

「聖誕節啊……」

咲太坐在折疊椅上，感慨地思考。

今年的聖誕節到底會怎麼過？

直到昨晚都會夢見和麻衣共度甜蜜時光。

然而今天早上作的夢朝著咲太的心情潑了一盆冷水。

如果那只是夢，咲太當然不會在意，可以輕易無視。

之所以做不到，是因為很可能是預知夢之類。

如同紗良變成自己的學生的夢就這樣成為現實……那時候的夢有著一模一樣的感覺。醒來的時候就察覺那是夢。

如果今天早上的夢也會成真，會發生各種問題。

首先，明明是二十四日，咲太卻沒有和麻衣一起。明明昨晚才約好了要過夜的約會……

不知為何，一起行動的是在補習班新負責的學生姬路紗良。

而且紗良說出一句令咲太非常在意的話。

——不讓我的思春期症候群痊癒的約定。

咲太不知道自己為什麼會立下這個約定。現在位於這裡的咲太沒和紗良立下這個約定，但是從那句話可以知道唯一的一件事。

紗良產生了思春期症候群。

她以自己的話語承認了這件事。

「傷腦筋……」

咲太下意識地自言自語。

「學長，什麼事情傷腦筋？」

意外地有人回應。換好服務生制服的朋繪走出女更衣室。

「我作了一個怪怪的夢。」

「咦？學長也是？」

朋繪以有點吃驚的表情回答。

「也就是說，古賀妳也是？」

朋繪看向打卡鐘，確認現在才兩點五十五分之後，進休息室坐在咲太對面的椅子上。

「不是我，是奈奈。」

「奈奈」是朋繪的朋友米山奈奈。

「她說今天早上作了一個感覺很像現實世界的夢。」

朋繪將手機放在桌上。

「是什麼樣的夢？」

「唔～～……哎，既然是學長就沒差了。反正我剛好想問一些事。」

她似乎獨自煩惱某些事又逕自解決。

「我之前說過奈奈交了男友吧？」
「記得妳說是國中時期的同學。」
「嗯，然後，那個……」
朋繪立刻支支吾吾，坐立不安般從咲太身上移開視線。
「那個？」
「是平安夜的夢……」
「平安夜啊。」
和咲太作的夢是同一天，不知道是不是巧合。
「所以，她和男友在一起……然後接吻了。」
朋繪說完，一臉像是咲太做錯事般瞪過來。
「當時是什麼樣的感覺？」
「什麼樣的感覺？」
「是很好的氣氛？還是有點硬來？」
如果是後者，話題的應對方式就不一樣了。
「奈奈說是她主動的。」
「米山還真有一套。」

「所以啊，她擔心如果和『#夢見』一樣成真該怎麼辦，跑來找我商量……」

大概是坐立不安，朋繪用力抓住桌上的手機。

「學長，你覺得呢？」

「我覺得親下去就好了。」

「明明是考生，真的可以嗎？」

朋繪滑手機確認某些東西。大概是打開通訊軟體重看自己和奈奈的對話吧。

「我去年也有適度地和麻衣小姐卿卿我我啊。」

「不可以拿奈奈和學長相提並論。」

「如果覺得對不起自己，只要努力用功補回來就好吧？」

以咲太的狀況，是在麻衣的鞭策下被強迫念書。一顆糖果配上一百下鞭子……

「果然是這樣吧。」

朋繪大概也覺得這麼做就好，但是她煩惱是否能對朋友說這麼不負責任的話，所以找咲太談這件事。

朋繪立刻滑起手機。

「米山應該也希望妳贊成吧。」

「學長，這句話是多餘的。啊，奈奈說『謝謝，我會努力』。」

是努力用功還是努力談戀愛？在這個狀況應該兩者皆是吧。

「話說，原來大家意外地相信『＃夢見』啊。」

「最近在學校聊這個的人也變多了。」

「原來如此。」

目前沒有因此造成咲太的不方便，但是這件事愈傳愈開，咲太基於本能感到不安。要是這個話題出現真實性，眾人開始相信，或許就不會僅止於偶爾流行的超自然話題。

因為如果得知不好的未來，大家應該會試著改變。

現階段在意這件事是想太多嗎？或許是想太多。

「所以呢？學長作了什麼樣的夢？」

「剛聽完米山純情的話題，我有點不好意思說。」

夢見和紗良約會……要是這麼說，不知道會被朋繪說什麼。肯定會遭受不當的責罵。

「學長明明就沒有害羞的情緒啊。」

朋繪隨口說出過分的話，視線再度移回手機。大概是收到新的訊息，她觸碰畫面操作，接著突然抬頭朝咲太投以質疑的視線。

「學長，你對姬路同學做了什麼事？」

朋繪說出這個意外的名字。現在對咲太來說相當在意的名字。

「還沒做任何事。不過從這個月開始，我在補習班負責指導她。」

咲太據實以告。目前除了補習班的講師與學生，咲太與紗良之間沒有任何關係。這是真的。

不過如果那場夢成真，接下來或許會發生某些事……

「那就是這個原因吧。她問我『知道咲太老師的聯絡方式嗎？』這樣。」

朋繪將手機畫面拿給咲太看。

「對喔，我好像還沒跟她說我沒手機。」

「可以跟她說我們正在連鎖餐廳一起打工嗎？」

「抱歉，拜託了。」

等咲太回應之後，朋繪將手機收回手邊。

「學長，今天打工到幾點？」

「晚上九點。」

「她問『打工結束之後可以撥點時間嗎？』這樣。」

在咲太回覆之前……

「然後說『在這之前我會在自習室念書準備考試』。」

朋繪就唸出後續傳來的訊息。

「我知道了。」

咲太也想向紗良確認一些事。關於夢以及思春期症候群的事。如果今天能見面，對咲太來說在各方面都便於行事。

「她說『等你喔，咲太老師』。」

朋繪突然正襟危坐，不知為何以不是滋味的眼神看向咲太。她的眼神暗示「我有話要說」。

「怎麼了？」

「沒事～～」

朋繪賣足關子之後站起來。快到上工的時間了。

「姬路同學非常受男生歡迎，學長務必要小心喔。」

還沒問要小心什麼事，朋繪就離開前往外場了。

3

打工結束的咲太在晚上九點五分走出連鎖餐廳。畢竟紗良在等他，所以是準時打卡。他迅速換好衣服，和擦身而過的每位員工說「我先走了」走到店外。

在裝飾成聖誕風格的街道上朝車站踏出腳步。走沒多久，立刻感覺到背後有某人的腳步聲。

在冒出疑問的下一秒，某人抱過來般壓在咲太背上，幾乎在同一時間……

「猜猜我是誰？」

視野被毛線手套覆蓋。

會做這種惡作劇的人，咲太心裡有底。然而首先浮現在咲太腦海的這個人正在遠方的沖繩。

而且如果是她，只聽聲音就立刻認得出來吧。

瞬間苦思的行為本身為咲太帶來答案。

「摸魚沒準備考試的姬路同學。」

「可惜，猜錯了。」

語氣有點不服的她雙手離開咲太的眼睛，緊貼在咲太背上的身體也離開，繞到正前方。

「正確答案是念書太久喘口氣的我。」

惡作劇成功，紗良開心一笑。

「原來妳也會做這種孩子氣的惡作劇啊。」

和同輩相比，紗良看起來比較可靠。咲太對她的印象是穩重成熟，所以對她這種行為略感意外。

「我還是小孩子喔，比咲太老師小三歲。」

紗良戴手套的手豎起三根指頭，伸到咲太面前。

「我覺得敢說自己是孩子的人不是孩子。」

至少紗良的說法有種巧妙利用「孩子」這個詞的意圖。

「那麼就咲太老師看來，我已經是大人了嗎？」

「感覺正值思春期吧。」

咲太稍微以試探的心態刻意說出這個詞。如果正如夢中所見，紗良的思春期症候群正在發作……如果她自覺產生症狀，或許會出現某種反應。

但是紗良和剛才沒有兩樣。

「說得也是，『思春期』確實是正確答案。」

她只是率直地接受咲太這句話，完全沒做出防備動作，也沒有吃驚、為難或焦急，就只是一直對咲太露出溫和的笑容。這樣的話什麼都摸不透，只能從別的切入點進攻。

「對了，我的書包還留在自習室。」

「那就先回補習班一趟吧。這裡好冷。」

「好的。」

即使來到晚上九點半，補習班依然燈火通明。這種光景在學校無法想像，在補習班卻是習以為常。話是這麼說，但在星期六的今天感覺人少了一些。

「教室會有人嗎？」

「應該沒在上課了吧。」

「我去拿書包，請老師在那裡等。」

目送紗良快步走進自習室之後，咲太照她說的先進教室。前幾天也有用來上課，以隔間牆區隔的小教室。雖說是教室，也不過是擺了長桌與白板的簡樸小空間。

咲太站在白板前面，紗良很快就拿著書包過來了。

紗良自然地拉開長桌旁的椅子坐下，彼此的相對位置和上課時一模一樣。和上課不同的是紗良沒將筆記本、課本與文具放在桌上。

「旁邊沒有其他人，感覺好緊張。」

紗良做出打耳語的手勢，上半身探向咲太，音量也自然降低。

平常會從隔壁和對面傳來學生發問或講師解說的聲音。完全沒有這些聲音的狀況，對咲太來說也很新鮮。

「期末考有哪一題不懂嗎？」

咲太負責的數學在考試第一天……也就是在昨天考完了。

「考試沒問題。咲太老師的應考對策漂亮地命中了。」

「這麼一來，對山田同學的考試結果也可以指望一下了。」

「但願如此。」

同班的紗良大概是知道某些事，笑得很開心。健人或許在考完後說出「完了……」這種話。感覺他會這麼說。說來悲傷，咲太可以清楚想像那幅光景。

「所以，既然不是為了考試的事……？」

咲太以帶著疑惑的視線看向紗良。紗良目不轉睛地注視他的雙眼。

「咲太老師……你知道『＃夢見』吧？」

「最近常聽到。」

今天也剛在連鎖餐廳打工的時候和朋繪聊到。

「然後我……今天早上作了奇怪的夢。」

「原來如此，奇怪的夢啊。」

咲太沒料想到這種狀況，不過聽她這麼說就覺得這或許是最有可能的模式。

「是平安夜那天的夢……」

「嗯。」

「和我在一起的是咲太老師……」

「……」

「我想，當時我們是在約會。」

到這裡的內容和咲太作的夢一致。

「然後，我和妳在江之電上打勾勾？」

「咦……？」

「在極樂寺那段。」

「咦！」

聽到咲太這麼說，紗良明顯吃了一驚。

「……難道說，咲太老師也是？」

這個疑問肯定了咲太確認的話語。

「我也作了夢。八成是同一天的夢。」

「不會吧，有這種事嗎？」

紗良的聲音很輕快，比起吃驚或不安，好奇心更明顯。

「應該有吧。畢竟實際發生了。」

如果夢境真的是在預見未來……在那天的那個時間理應在一起的兩人當然必須作相同的夢。

因為在那天的那個時間，如果其中一人在別的場所做別的事，就不合邏輯了……

而且，如果那場夢是咲太與紗良的未來，那麼咲太無論如何都必須問紗良一個問題。

「我想確認一件事。」

「是思春期症候群的事嗎？」

這次是紗良搶先一步。

「對。那是真的嗎？夢裡說我約定過不會讓妳痊癒……」

「是的，那是真的。我罹患了思春期症候群。」

紗良露出毫無心機的笑容，非常乾脆地承認了。從中感覺不到愧疚或困惑，看起來完全不像感到為難。就像被問到：「有在學鋼琴嗎？」然後回答「有」這麼輕鬆。

「是什麼樣的思春期症候群？」

「這是祕密。」

紗良維持同樣的心情，這次拒絕回答。

「幾時開始的？」

「黃金週結束的早上。」

這次她回答了，而且答得特別準確。現在已經是十二月，明明是半年多前的事，紗良卻記得一清二楚，當時的事件就是令她留下這麼深刻的印象吧。

「那時候發生了什麼討厭的事嗎？」

「我失戀了。」

這次紗良也回答了咲太的問題，表情非常坦率。

「啊，並不是原本交往的對象甩掉我，或是表白之後被對方拒絕。」

咲太還沒開口，紗良就如此補充。

「是自己喜歡的人喜歡其他人的模式嗎？」

「不要把它說成模式啦。」

戳中痛處的這種說法使得紗良含羞發出鬧彆扭的聲音。

「但我看妳現在好像不太煩惱？」

「是的。已經沒事了。」

紗良的表情沒說謊，也沒有逞強的樣子。依然是一如往常清楚表達自身意見的紗良。

「多虧思春期症候群才放下了。」

所以這應該是紗良的真心話，感覺她由衷這麼認為。

因此，咲太只覺得有一個地方怪怪的。明明紗良自己那麼明確表示「放下了」，為什麼還會出現思春期症候群？只有這一點無法理解。

「現在每天都很快樂。所以，雖然我在夢裡也說過……咲太老師，請不要治好我的思春期症候群喔。」

「我看起來像是會治療這種怪病的醫生嗎？」

「完全不像。」

紗良毫不客氣地笑出聲。

「你覺得夢中的我為什麼會說那種話？」

「天曉得。」

「啊，然後這件事麻煩當成我們兩人的祕密。」

紗良像是回想起來般要求咲太承諾。

「哪件事？」

「你明明早就知道，不要反問我啦。當然是我有思春期症候群這件事。」

「我不會告訴任何人。」

「真的嗎？」

紗良收起笑容，以嚴肅的表情仰望咲太。

「我不會說。因為說了也不會有人相信，只會當成我腦袋有問題。」

咲太說出足以令人接受的理由後，紗良回應「說得也是」露出微笑。

「何況如果不知道是哪種思春期症候群，也沒辦法當成趣事說給別人聽。」

咲太拐彎抹角地重新詢問，想知道是哪種思春期症候群。

「好奇嗎？」

紗良確實理解咲太說這段話的意圖。

「總之，既然對我無害，我也沒那麼好奇就是了。」

既然無法前進就以退為進。

「咲太老師，請對學生多抱持一點興趣啦。」

「但妳不肯告訴我吧？」

「那就當成是我出的作業吧。請思考我是哪種思春期症候群。」

「我不喜歡做作業耶。」

「期末考結束之後，請確實繳交作業喔。」

「寫好的話會獲得什麼獎勵嗎？」

「這個嘛……如果答對，我就答應咲太老師一個請求。」

紗良擺出思考的動作，然後露出捉弄般的笑容。

「我好期待。」

「色色的請求不准喔。」

紗良出聲一笑。這時候，她放在書包內袋的手機像要打斷笑聲般震動。

「啊，這麼晚了。」

時間即將來到晚上十點。

「我媽會來車站接我，我先走了。」

紗良匆忙離席，一邊接母親的電話一邊揹起書包。

「啊，媽媽，抱歉，我還在補習班。我馬上過去。」

紗良只單方面說明原由之後就掛斷電話。離開教室的時候，她只轉身看咲太一次。

「作業請不要忘了喔。」

紗良以爽朗的笑容叮嚀。看到咲太露出抗拒的表情，她滿足似的一笑，沿著狹窄的通道小跑步離開。

「別在走廊上奔跑啊。」

咲太姑且在後方這麼說，但是說到一半就看不見紗良的身影了。

「……」

咲太獨自留在空無一人的室內。

「總覺得事情變得好奇妙。」

狀況別說有所進展，感覺只有課題不斷增加，完全不知道接下來會怎麼樣。

「……總之先回去吧。」

待在這裡也無法解決任何問題。咲太只清楚理解這一點。

咲太慢慢走在紗良離去的通道，回到教職員室前方的自由空間。隔著櫃檯的教職員室裡，補習班講師還在處理某些事項。

妨礙到工作也不太好，所以咲太以勉強聽得到的音量說聲「我先告辭了」離開補習班。

咲太按下大樓電梯按鍵。電梯已經在上昇，沒等十秒就抵達五樓迎接咲太，響起小小的鈴聲之後開門。

「！」

電梯裡傳來像是將驚訝吞回去的呼吸聲。

原以為應該沒人的電梯裡有乘客，而且是咲太認識的人。疑問在瞬間化為話語。

「雙葉，妳為什麼會在這裡？」

搭電梯的人是理央。

「我……昨天忘了東西。」

理央辯解般說出理由，走出電梯。

「真難得。」

刻意在這種時間來拿也有點奇怪。

「我才要問，你為什麼在這裡？」

「我在這裡會有問題嗎？」

理央的話語與態度感覺像在責備咲太。

「我有一些隱情。不過，總之能見到妳正好，我想找妳談談。晚點方便嗎？」

雖然時間很晚了，能在這時候逮到理央很幸運。

「那你等我一下。因為……我也有事想找你談。」

這也是難得會聽到理央說出的話。

很快就從置物櫃回來的理央手上掛著剛才沒拿的灰色大衣。

「妳忘記的是那個嗎？」

「別問了，走吧。」

理央無視咲太的指摘進入電梯。在這個季節忘記穿大衣就回家非比尋常，昨天應該是發生了相當不得了的事。

正因如此，理央才說想找咲太談談。

走出補習班之後，咲太與理央走向車站南側，沿著江之電的軌道走一段路後進入一間漢堡咖啡廳。在提供酒精飲料的店內，兩組先到的客人發出開朗的笑聲。

肚子正餓的咲太點了店裡自豪的漢堡。不久，分量滿點的漢堡放在盤子上端上桌。咲太在只點拿鐵咖啡的理央面前豪邁地大口咬下漢堡，理央露出「居然在這種時間吃這麼高熱量的食物」的傻眼表情。

吃完漢堡，咲太一邊嚼著炸薯條，一邊向理央說明今天發生的事。

作了一場夢。

夢裡和紗良在一起。

她說自己罹患了思春期症候群。

剛才和紗良見面，確認這是事實。

咲太說完這一切……

「然後你立刻違反約定，把她的祕密告訴我了。」

理央嘆著氣這麼說。

「因為我好像是個騙子。」

「這我知道。」

「所以妳認為呢？」

「總之多虧你作了那場夢，『櫻島學姊有危險』這段訊息的答案不就出現了？」

「是嗎？」

咲太完全聽不懂理央想說什麼。

「意思就是因為你花心，所以會被櫻島學姊拿刀子捅吧？」

「……這樣確實也是『麻衣小姐很危險』。」

可是這麼一來就和「找出霧島透子」扯不上關係。

「先把玩笑話放一邊吧。」

「不過以你的狀況，我不認為可以斷言是玩笑話。」

理央的語氣是認真的。

「妳以為我會取消和麻衣小姐的過夜約會，改成和姬路同學約會？」

「如果只是普通的約會，你絕對不會這麼做吧。」

「對吧？」

「不過，如果是為了治好她的思春期症候群，我覺得事情就不一樣了。」

「如果姬路同學的思春期症候群可能害麻衣小姐面臨危險就另當別論。」

要是變成這種狀況，取消約會是不得已的判斷。不過可以的話，咲太想拜託麻衣改成延期的形式……

「即使沒有櫻島學姊那件事，你應該也會這麼做吧。」

「只要我們這邊沒有損失，我完全不想管，畢竟她自己都說不想痊癒了。」

要是紗良希望維持現狀，咲太就不必厚臉皮多管閒事。

「這樣的話，為了判斷她的思春期症候群是否有害，你也只能做她出的作業吧？既然可能和那段訊息有關……」

「哎，就是這麼回事吧。」

知道的話就可以進行下一步。但因為不知道，也只能做作業了。

「作業啊……」

咲太不情不願地說出這兩個字。

總之最麻煩的在於毫無頭緒。咲太只從紗良口中得知症狀發作的原因好像是失戀，而且時期是在黃金週。

必須得到更有力的線索，不然無從思考。

「如果不想自己解題，要不要作弊？」

理央提出這個輕率的意見。

「怎麼作弊？」

咲太接受這個提案。解題規則原本就處於模糊狀態，只能不擇手段了。

「可能知道答案的人，除了姬路紗良還有一個吧？」

聽到理央這麼說，咲太也想到了。

「……對喔，霧島透子。」

如果紗良的思春期症候群是透子送的禮物，透子確實可能知道。在卯月那時以及郁實那時，透子都知道兩人罹患思春期症候群。

「總之只能再見她一面嗎……」

無論如何，咲太還有很多問題想問透子。

因為透子的思春期症候群才是必須盡快治好的病症。若要尋找治療的線索，和她本人見面還是最確實又迅速的方法。

如果也問得到紗良的事，感覺這是最快的捷徑。

「找妳談是對的，謝謝妳。」

「不客氣。」

就像是當成謝禮，理央拿起一根薯條慢慢吃。咲太等她吃完後改變話題。

「所以雙葉，妳要找我談什麼？」

「我要談的是……」

理央視線往下，目不轉睛地看著伸手要拿來喝的拿鐵咖啡的泡沫。

「……」

「……」

等了一陣子也沒繼續說。

是這麼難以啟齒的事嗎？

「怎麼啦，是被表白了嗎？」

「！」

只當成話題開端說出口的玩笑話，理央卻明顯產生反應。說不定真的猜中了。

「……真的？」

咲太問完，理央就這麼低著頭微微點頭。

「是誰？」

「補習班的……」

「啊～～加西虎之介嗎？」

「……你為什麼會知道？」

理央揚起視線瞪過來，但她滿臉通紅，所以毫無魄力。

「因為他一直散發超喜歡妳的氣場。」

「……你為什麼沒告訴我？」

這次是忿恨地瞪向咲太。

「因為這樣比較有趣……以上純屬虛構。擅自說出來會對不起加西同學吧？」

「……」

理央以無言表達不滿。然而關於這方面，咲太的說法應該比較正確。不應該口無遮攔地擅自說出別人的心意。

「順便問一下，是什麼時候？」

「昨天。」

理央雙手拿著拿鐵咖啡的杯子，輕聲回答。

「在哪裡？」

「補習班教室。」

「怎麼演變成這樣的？」

「最近他看起來沒能專心念書……我想說可能有什麼煩惱，就問他『怎麼了？』……」

「雙葉，這是妳的錯。」

「如果你先告訴我，我就不會問了。」

「所以妳的回覆是？」

「回覆之前，他就說『不用現在回覆沒關係』然後回去了。」

「原來如此。」

大概是害羞得承受不住吧。以前在補習班看見他的時候，感覺得到他光是待在理央旁邊就會臉紅心跳。

「咲太，你認為我該怎麼做？」

「妳想怎麼做就怎麼做吧。」

「我沒想過這種事。」

「既然這樣，妳就趁這個機會想一想。」

「我現在不想聽什麼大道理。」

「這對妳來說是一個好機會吧？」

咲太喝一口剛才和漢堡一起點的咖啡。

「什麼好機會？」

「我覺得一直眷戀國見也不太好。」

「我並沒有眷戀。」

「真的嗎～～？妳會拿身邊的男生和國見比較吧？」

「……不會。」

理央嘴上否定，態度卻沒有說服力。當然不是蓄意做比較吧，應該是被指出後才察覺以往的自己都會下意識這麼做。她就是這樣的反應。

「省省吧，別那麼做，天底下沒有比國見更好的傢伙。那傢伙唯一的缺點是對女生的品味很差。」

「國見的女友很出色的。」

「是嗎？」

「聽說她和任職於醫院的國見母親聊過之後，就決定自己也要成為護理師。」

「妳為什麼知道這種事？」

「畢業之前，我問國見：『你喜歡你女友的哪一點？』他就對我說了這件事。」

「……拜託別問這麼可怕的問題。」

對心臟不好。即使在經過很久的現在聽到這件事，胸口還是會難受，感覺被緊緊揪住。

「可是……等一下？所以說，妳早就知道上里就讀我們大學的護理系？」

「早就知道了。」

咲太沒聽佑真說過，也沒聽理央說過。入學經過半年多，偏偏咲太是在聯誼會場遇到上里沙希。

那樣真的對心臟不好，咲太希望他們可以事先告知。

「我們是朋友吧？」

「有些事因為是朋友才不方便說啊。」

至少這句話不適用於這件事。咲太認為這肯定不對。

理央又拿起一根薯條吃。

「哎，不過，謝謝你。」

理央擦著指尖輕聲說。

「嗯？」

「和你談過之後，心情稍微平復了。」

「這麼有趣的事可以儘管說給我聽喔。」

「我決定今後不再跟你說了。」

理央把剩下的拿鐵咖啡喝光。店內的時鐘顯示超過十一點半，快到打烊的時間了。

4

週末只在打工中度過，星期一開始又回到每天到大學上課的平凡生活。

每天早上，咲太都在通往主校舍的銀杏步道上尋找透子的身影。

換教室的時候、去學校餐廳的時候、下課回家的時候……都在學生人潮中注意是否有迷你裙聖誕女郎。然而在請她吃過蒙布朗之後，咲太就不曾在大學裡看見她。

電話也是幾乎每天打。他一邊承受花楓的白眼，一邊在語音信箱留言。但是電話連一次都沒接通，透子也沒有回電。

這一週就這樣毫無進展地度過……回過神來已經是星期五。十二月九日。

咲太收拾吃完的便當盒時……

「最近變多了耶。」

拓海在主校舍教室看向窗外，感慨地低語。

「什麼東西變多了？」

咲太起身移動到站在窗邊的拓海身旁。

「交往的男女。」

從三樓俯視的主校舍旁的道路，看得見一對情侶恩愛地走著。大概是說了什麼有趣的玩笑，彼此笑出聲音。

「畢竟接下來是情侶的季節，各種節日洶湧而來。」

拓海羨慕又嫉妒般這麼說。

「有多到這種程度嗎？」

「平安夜之後是聖誕節吧？」

「不是應該兩天合稱為聖誕節嗎？」

「然後是除夕跟元旦吧？」

「那是情侶的節日嗎？」

「什麼？梓川你不會和櫻島小姐一起過嗎？」

「會。」

前提是可以和麻衣一起空出時間……

「看吧，果然是情侶的節日。梓川你幸福過頭，頭殼壞掉了。」

說得好過分。

「元旦過完是節分吧？情人節吧？白色情人節吧？」

雖然明顯混入了不太對的節日，但咲太刻意不吐槽。何況這一切都還是之後的事。

「在計較明年的事之前，應該先重視聖誕節吧？」

站在咲太的角度，現在他最在意的也是這一天。是否能夠依照約定和麻衣一起過？還是會符合夢境和紗良一起過？

「所以說，為了在那天之前交到女友，我正在籌辦聯誼喔。決定之後你也要來。」

「我才不要。我對聯誼沒什麼好的回憶。」

對咲太來說的第一次聯誼，因為過於意外的人物登場，咲太變得非常不自在。恐怕一輩子都忘不了，變成討厭的往事刻在記憶裡。

「啊，你看，他們也是情侶吧？」

拓海指向窗外。咲太看見一對男女，女生鬧著玩似的輕推男生的背往前跑。不知道什麼事那麼有趣，兩人都發出笑聲。

「戀愛是盲目的。」

拓海不以為意般低語。

看著窗外的咲太對此沒產生反應，因為他的注意力移向別的地方……林蔭步道的方向。紅色的身影在行走。

似曾相識的迷你裙聖誕女郎。

那個背影肯定是霧島透子。

咲太沒拿包包，直接拔腿就跑。

「什麼？怎麼了？快要上課了耶。」

「幫我跟教授說我去廁所！」

咲太衝出教室。

「我才不要。好丟臉。」

聽到拓海的回應時，咲太已經跑下階梯。

跑到戶外的時候，通知開始上課的鐘聲響了。

學生們都趕往主校舍，咲太逆流來到林蔭步道。

雙腿要走向正門的時候突然停止。

因為他發現目標人物就在十公尺左右的前方。

透子在長椅上立起手機，沿著林蔭步道走十步左右……然後回到長椅檢視手機。

看不懂她到底在做什麼。

大概是不滿意，透子再度在長椅上立起手機，和剛才一樣踏出腳步。有點做作的走路方式，就像模特兒走臺步……

此時咲太接近過去搭話。

「那個……」

「別過來，會入鏡。」

「啊？」

透子不耐煩般轉身朝向咲太。她露出生氣的表情快步走近，接著從咲太身旁經過，拿起長椅上的手機。

「妳在做什麼？」

「拍攝聖誕歌曲要用的影片素材。」

「不是已經公開了嗎？在上次請妳吃蒙布朗的那天晚上。」

「那是另一首歌。」

透子沒看向咲太就如此回應，再度將手機立在長椅上。但是手機在她放手的瞬間滑倒。

「我來幫忙吧？」

「……」

「看妳好像拍得不是很順利。」

「那麼，你一邊拍我一邊跟著我走。」

透子遞出已經設定為錄影模式的手機。

「按下紅色的地方就可以錄影。」

透子說完，在林蔭步道上踏出腳步。咲太依照吩咐，以鏡頭拍攝透子的背影跟著她走。

幸好上課時的林蔭步道幾乎沒有學生，沒被投以異樣的視線。擦身而過的數名學生看起來也沒有覺得咲太的行動奇怪。現在這個時代，一邊錄影一邊走路的人並不稀奇。

「可以說話嗎？」

確認周圍沒有任何人之後，咲太向透子搭話。

「只會用到影像，所以沒關係，但是別聊麻煩的話題。」

「我想請教姬路紗良的思春期症候群。」

透子如此叮嚀，咲太便開門見山地發問。

「那是誰？」

走在前方的透子回以冷淡的話語。

「我在補習班指導的學生。」

「你為什麼認為我會知道這件事？」

「她說她罹患了思春期症候群。」

「所以呢？」

「如果是妳送的禮物，我認為妳應該知道些什麼。」

「不知道。」

透子在回應的同時停下腳步轉身，踩響鞋跟走向咲太，從他手中搶走手機。

「不過思春期症候群應該是我送的禮物沒錯。」

她立刻檢視剛才拍攝的影像。

畫面上一直是迷你裙聖誕女郎行走時的背影，咲太和透子的交談也確實記錄下來。透子在影片裡也說自己不知道有關紗良的事。

「妳知道廣川與赤城吧？」

「因為是這所大學的學生。」

透子的眼神暗示著別問這種理所當然的問題。她的眼神看起來沒有說謊，也不像是在惡整咲太，就只是在陳述一件事實。態度看起來有點不耐煩……

「所以作弊失敗了嗎……」

這麼一來，咲太便無從得知紗良罹患了何種思春期症候群，只能等待某種奇妙的現象發生，直到被波及才會知道。儘管想避免這種事態……但也想不到其他可行的方法。

「謝謝。拍到不錯的素材了。」

和毫無收穫的咲太相反，檢視完影片的透子似乎很滿意。

「需要攝影師的時候請隨時叫我。」

「是嗎？那我二十四日要開直播，過來這裡吧。下午四點集合。」

「呃，二十四日有點……」

「請多關照。」

透子不聽咲太喊停，快步走向正門。她的背影就這麼離開大學，最後再也看不見。

「拜託別再讓二十四日變得更複雜了……」

已經因為那場怪夢遭遇問題，透子還落井下石地做出單方面的約定，實在是令人吃不消。不知道這下該如何向麻衣說明。

「……總之先去上課吧。」

廁所上太久會讓教授平白擔心。

5

隔天十二月十日，星期六。

早上打掃、洗衣服，還幫那須野洗了澡，午餐和來訪的麻衣一起下廚並享用。

下午麻衣說要接受雜誌專訪，咲太目送她離開之後，自己也在四點多出門。六點開始是補習班講師的打工。

之所以稍微提早出發，是因為有種被催促的感覺。咲太知道原因。

紗良給的作業。

今天就是繳交日，腦中的頁面卻還是一片空白。

儘管外出並不會有助於作業進展，但那須野也不會告訴咲太答案。至少想外出消除這種心神不寧的感覺。

如果提早抵達補習班也好，可以進行上課的準備。

說不定走在路上就會冒出靈感。

咲太抱持這一絲希望，然而以結果來說，即使走到藤澤站，依然猜不到紗良罹患了何種思春期症候群。提示果然太少了。

咲太以沉重的腳步走上站前的立體步道。此時有人從身後叫住他。

「那個，梓川老師……」

男生的聲音。

只聽聲音無法立刻想起對方的長相。

不知道對方是誰的咲太轉身一看，正後方矗立著一道高牆。峰原高中的制服；塞滿社團活動衣物的大包包。以將近一九〇公分的高大身軀俯視咲太的是加西虎之介。

「抱歉突然叫住老師。」

「有什麼事？」

「方便借點時間嗎？」

「可以是可以……不過你找我？」

咲太以往和虎之介並沒有交集，當然會冒出這個疑問。

「是的。」

「不是找雙葉？」

「是找梓川老師。」

虎之介像要蓋過咲太的話似的這麼說。

「總之先去補習班吧？」

「啊，不，可以的話……」

虎之介視線游移。看來是不可以被別人聽到的話題。

「那就找間店進去吧。」

由於提早出門，距離開始上課還有一些時間。

咲太帶虎之介來到自己打工的連鎖餐廳。做服務生打扮的朋繪露出疑惑的表情，咲太請她安排可以談私事的深處的座位。

兩人都只點了飲料吧，各自拿了咖啡與可樂回來後相對而坐。

「所以你要談什麼？」

咲太幾乎斷定應該是理央的事。除此之外想不到自己和虎之介之間有什麼共通話題。

然而虎之介說出另一個令咲太感到意外的名字。

「關於紗良……更正，關於姬路同學，希望老師小心一點。」

出乎意料的話題使得咲太腦袋跟不上。直接稱呼「紗良」，又改口說「姬路同學」，然後是要對什麼事小心一點？疑問接連誕生並被棄置。

「要我小心什麼事？」

既然聽得滿頭霧水，只能逐一解決問題。

「梓川老師是第三個人，紗良的……更正，姬路同學的指導老師。」

「你就用名字稱呼她吧。」

「啊，好的。」

虎之介乖乖接受咲太的建議。感覺得到他正經的個性。

「上一位負責指導姬路同學的老師，我也認識。」

和打工的咲太不同，是補習班的正職講師，大約二十五歲的男性。

「老師知道為什麼會換人嗎？」

「算是知道。」

說得直接一點，就是補習班講師想對學生出手而造成問題……這種事聽起來不無可能。

「再上一位……第一位負責指導紗良的老師，也是基於相同的原因被換掉。」

咲太第一次聽說這件事。

「換句話說，那個人也對姬路同學……？」

「……」

虎之介默默點頭。

「在高中，我也聽說有好幾個男生向紗良表白……」

「哎，畢竟她看起來很受歡迎。」

平易近人又彬彬有禮的模範生，常保笑容，讓氣氛變得開朗，而且不怕生，自然而然就會主動和別人拉近距離。

因為是這種個性，紗良會吸引異性是理所當然。以咲太身邊的人為例，健人正是其中之一。

「既然擔心其他男生接近，你幫她注意不就好了？畢竟你們似乎是以名字互稱的好朋友。」

「我不行。」

虎之介斷然否定。

「為什麼？」

「我和紗良是鄰居……」

「因為這樣就不行？」

當然沒這種事。虎之介還沒說完。

「彼此的爸媽也是好朋友……我們從小就經常玩在一起。」

「所以是兒時玩伴嗎？」

「好像是。」

虎之介的反應有點像是置身事外。或許是因為這份關係對當事人來說過於理所當然，就沒想過要以「兒時玩伴」來形容。咲太感覺到這種話語上的距離。

「然後，那個……我直到國中都喜歡紗良。」

突然冒出這段表白。

「平常總是在一起，所以旁人也會消遣我們是不是在交往……」

「確實會有這種人。」

八成是因為羨慕才會故意揶揄。

「我也開始有這個意思，覺得這應該是遲早的事。」

「不過這是誤解。」

實際上，虎之介向理央表白了。咲太知道這個事實。

「是的。在某個時候，我察覺自己一直認定是戀愛的情感，其實可能不是這樣。」

「因為你喜歡上雙葉了？」

「對。」

虎之介反射性率直地回應。

「……」

「……」

「咦？」

停頓許久後，虎之介的慌張顯現在聲音裡，也顯現在臉上。嘴巴開合兩三次想尋找下一句

話卻找不到，視線不安地在半空中游移。虎之介像是要暫且填補尷尬的空白，以吸管吸了一口可樂，卻因為吸得太用力而猛然刺激喉嚨嗆到。

「為……為什麼？」

虎之介好不容易擠出這句疑問的時候，距離咲太一開始的指摘過了三十秒以上。

「因為你在補習班問雙葉問題時，散發出超喜歡她的氣場。」

「……」

虎之介再度語塞。感覺他隨時會抱住頭。

「我覺得雙葉很難追，不過你加油吧。」

「好……好的！啊，不對！這件事不重要！」

虎之介縮起高大的身體，拚命想拉回正題。

「順便問一下，姬路同學對你是怎麼想的？」

「我覺得她曾經對我有好感。」

「『曾經』是吧……」

「現在的話不知道。」

這也是當然的。虎之介不是紗良，紗良的心意是她自己的。實際上，連當事人都不確定自己的心意，所以很難摸透。認識理央之前的虎之介就是如此……會因為一個小小的契機就誤會、誤解或是斷定。人們很難察覺這一點。

「加西同學，姬路同學在你眼中是什麼樣的女孩？」

「是指哪一方面？」

「比方說開朗、有禮貌，也有親人的一面。她從以前就是這樣嗎？」

「是的。她從幼稚園就一直是這種感覺，處在人群中心展露笑容……大家都會聚集在紗良身邊。」

「小學也是？」

「是的。」

「國中也是？」

「是的。」

「不只這樣，直到國中都和你是公認的一對啊。」

「……」

充實得無懈可擊。直到實質上被虎之介甩掉之前，紗良或許沒嘗過算得上挫折的挫折。

因此，這件事成為過於強烈的打擊，強烈得引發了思春期症候群。這麼想就覺得合情合理，但終究太單純了。

「我歸納一下，換句話說，因為你甩了她……」

「我沒有甩了她。」
「因為你實質上甩了她，她變得莫名受異性歡迎，令你很擔心……是這樣沒錯嗎？」
「是的。所以希望老師小心一點。」
「但你為什麼會找我談這件事？」
咲太和虎之介沒有交集。突然提起這件事，應該需要某種理由。
「昨天，我打電話找國見學長商量這件事，他要我找梓川老師幫忙。」
「因為國見只會說一些沒用的建議吧。」
「而且……梓川老師有一位非常出色的女友，我認為和以往的老師不一樣，這就是我找您的理由。」
「原來如此……」
咲太覺得可以理解，也覺得他搞錯了。不過，既然正在和「櫻島麻衣」交往，應該不會不小心被紗良吸引。咲太明白這是虎之介自己思考出來的結論。
「梓川老師，請您多多關照。」
虎之介鄭重地低下頭。
要幫助莫名受歡迎的學生，怎麼想都不是咲太擅長的領域，應該也不是補習班兼職講師應該接手的問題。

「但我負責的學科是數學啊……」

即使如此，面對認真的虎之介，咲太起碼算是前輩……而且既然被稱為「老師」，就不能視而不見。

最重要的是，紗良現在是咲太的學生，也是彼此作了同一個夢的奇妙關係。她還出了「猜猜我羅患的是哪種思春期症候群」這個難題當作業。說到是否關心她，已經是十二分關心的程度。從虎之介口中得到的情報，或許未必和紗良的思春期症候群無關，感覺值得深思。

「知道了。我姑且會小心一點。」

咲太如此回答後，虎之介終於抬起頭。

「謝謝老師。」

看見虎之介隱約像是鬆一口氣的表情，咲太感覺到和其年齡相符的稚嫩，同時也體認到如此心想的自己已經不是高中生了。

咲太與虎之介結完帳走出連鎖餐廳時，已經是下午五點半以後。

天色在他們長談的時候完全變暗，街上點亮燈火。

虎之介接下來要上課，咲太和他一起走向車站附近，補習班所在的商業大樓。

因為被虎之介搭話，咲太沒時間思考紗良出的作業。相對地，咲太以意外的形式得知了紗良

的事。

從兩人的說法推測，紗良沒表白就被甩的對象，基本上應該是虎之介沒錯。

在這之後，紗良開始受到異性歡迎。

不知道這是不是思春期症候群造成的。咲太至今沒遇過這種思春期症候群。只不過從時期思考的話，應該不是毫無關係。也可能只是因為線索太少，所以咲太希望是這麼回事。

冷靜想想，兩者也很可能沒有關係。

和虎之介不再是公認的一對，對紗良有意思的男生因而一齊躍躍欲試。若說實際上只是這麼回事，咲太就某方面來說完全可以接受。

距離作業的解答還差得遠。不過現在已經不是毫無斬獲，對此只能感謝虎之介。

「今天是上雙葉的課？」

咲太詢問臉龐緊繃的虎之介。走出連鎖餐廳之後，虎之介的動作僵硬得宛如聽得見關節摩擦的聲音，全身透露出緊張的心情。

「是的。不過雙葉老師的事已經不重要了。」

「為什麼？」

「因為上週……我作了一個夢。」

「夢啊……」

「被雙葉老師拒絕的夢，在平安夜。」

「原來如此。」

咲太開始覺得不是普通的偶然了。關於平安夜的夢，這是第三例。咲太與紗良、從朋繪那裡聽到的奈奈的經歷，然後連虎之介都作了平安夜的夢。

「現在很流行『#夢見』對吧？」

「雙葉在夢裡怎麼說？」

「咦？她說……『我不能和學生交往』。」

「所以你就放棄了啊。」

「老實說，我不知道該怎麼做。即使作了那種夢，我心裡……還是愈來愈在意老師……不，我從一開始就覺得不可能，那個，該怎麼說……」

沒能整理好思緒的虎之介在最後說「不好意思」向咲太道歉。

拚命、真摯、笨拙，令人擔心，但他表達的耿直心意強烈得令人害臊。正因如此，咲太想給他一個建議。

「如果是我，會回答『那等我考上第一志願，請和我交往』。」

虎之介才二年級，還可以奮戰一年以上。

「……」

突然的建言使得虎之介愣住，看起來還沒聽懂咲太對他說的話。

「前提是你對雙葉是認真的。」

「好……好的，我會努力……！」

大概是理解能力終於趕上，虎之介以慌張又喜悅，莫名亢奮的心情做出反應。

「我可不想被雙葉抱怨，所以你在課業上也要努力啊。」

「好的，那當然！啊，那個，梓川老師，真的很……」

虎之介想繼續道謝，寬大的肩膀卻突然一顫，視線投向咲太背後。他看的方向是車站。

「不好意思，我先走了。」

虎之介迅速說完，逃也似的跑進補習班所在的大樓。

沒多久，某人向咲太搭話。

「梓川？」

「嗨，雙葉。」

從車站方向走過來的是理央。

咲太可以理解虎之介為何逃走。不過他晚點應該要上理央的課，咲太有點擔心他那樣會不會有問題……

「加西同學剛才是不是在這裡？」

比普通人高一個頭的虎之介，老實說很顯眼，從遠處看應該也不會認錯人。

「他說是兒時玩伴。」

「誰是誰的兒時玩伴？」

理央露出聽不懂的表情。

「加西同學是姬路同學的兒時玩伴。所以我問了他一些事情。」

「這樣啊。」

「就是這樣。」

「……梓川，你沒多嘴吧？」

不知為何，雙葉的眼神已經在責備咲太。

「我只說了必要說的事。」

「那八成就是我說的『多嘴』。」

理央露出抱怨得還不夠的表情。但在她再度開口之前，一道聲音介入兩人。

「咲太老師。」

開朗愉快的聲音。

從車站方向跑過來的人是紗良。

不知道什麼事那麼開心，她掛著笑容來到咲太身旁。

「請看這個。」

紗良將手伸進書包，取出一張對摺的紙，然後打開給咲太看。

被答對的圈圈填滿的數學答案卷，連一個叉叉都沒有。換句話說是滿分。

「傷腦筋，今天我原本想幫你們複習答錯的題目……」

既然拿了全對的答案卷過來就沒事做了。

「在這之前請先稱讚我吧。」

「妳表現得非常好。」

「我先走了。」

理央知會咲太一聲就進入大樓。

「我也要去啦。」

咲太與紗良的目的地和理央一樣。

三人走進抵達的電梯。理央站在按鍵前面，咲太在她後方的角落，紗良則在咲太旁邊。

「……」

沒人說任何話。

「今天好冷耶。」

「是啊。」

「沒錯。」

「……」

沉默再度降臨。

仔細想想就覺得這個組合有點尷尬。因為紗良實質上被虎之介甩了，而實質上甩掉紗良的虎之介喜歡理央……

載著咲太等人的電梯就這樣籠罩著莫名的緊張感，抵達補習班所在的樓層。

6

桌上排列著三張答案卷，從左到右是三十分、一百分、四十五分，依序是健人、紗良與樹里的成績。

「山田同學，你真喜歡三十分。」

他在期中考也拿了三十分的答案卷過來。

「咲太老師，這樣是洩漏個資。」

健人不經意想藏起分數不讓旁邊的紗良看，但為時已晚。乍看幾乎沒有圈圈，只有叉叉的花

朵恣意綻放，紗良應該也看得很清楚。

「那麼，我主要以山田同學與吉和同學答錯的題目來解說。姬路同學就當成複習旁聽。」

「好的。」

說來頭痛，最專心聽咲太講解的是考滿分的紗良。

講解完一遍之後，咲太給三人出了能以同樣方式解答的練習題，總共三題。

紗良不到十分鐘就解答完畢。說著「我寫好了」舉起手的紗良的筆記本上，以工整的字體寫上算式。全部答對。

咲太只對紗良追加題目，觀察健人與樹里的狀況。健人發出「唔～～」的低沉聲音瞪著第一題；樹里在第二題停下手。

「吉和同學，這題用剛才解說的方式就答得出來喔。」

咲太指著仍寫在白板上的模範解答。

「是這樣嗎？」

樹里停止的手再度動作，在筆記本上寫下可愛的文字。

「沒錯沒錯，接下來……」

「咲太老師，也救救我啦。」

「山田同學你等一下，我先教完吉和同學。」

「那個，我可以排後面……」

樹里有一瞬間在意健人。

「只差一點點了，先寫完吧。」

咲太假裝沒察覺，如此催促樹里。

「山田同學，我來教你吧？」

紗良從旁邊座位看向健人的手邊。

「不……」

健人反射性縮起身體。

「聽你說不要，我有點受傷。」

紗良笑著消遣健人。

「我說的『不』並不是『不要』的意思……」

「那我教你吧。」

紗良將椅子拉向健人。「把這個公式帶入這裡……」她一邊解說，一邊在健人的筆記本寫下計算過程。

和紗良肩並肩的健人動也不動，就這麼僵著身子，目不轉睛地追著紗良寫下的算式，以這種

方式拚命保持內心平靜。

同時，樹里的自動筆也在咲太眼前停下動作。她的視線看著題目，注視著筆記本上的一點，但是注意力不在那裡，而是被紗良與健人的互動吸引。

「懂了嗎？」

紗良從下方窺探健人的臉。

「懂……懂了。」

健人的聲音輕飄飄的。

「山田同學，試試看吧。」

「那個……把這個公式……」

健人依照紗良教的方式解題。應該說是照抄紗良寫的算式，理所當然般順利算出答案。

「是這樣嗎？」

「什麼嘛，山田同學你做得到啊。再挑戰一題看看。」

「這題不會太難嗎？」

「這一題就是……」

紗良再度拿自動筆在健人的筆記本上書寫。

「啊，原來如此。那麼這個是？」

大概是解答一題之後比較有餘力了，健人也主動詢問紗良。

健人順利解題，反倒是樹里在第二題停筆，遲遲沒有要繼續寫的徵兆。

「那個……吉和同學？」

「沒事。我自己寫得出來，我知道解法。」

「嗯，知道的話就好。」

透過教學，健人與樹里都稍微可以自己解題了。然而人際關係成反比變得複雜，咲太唯獨在這方面實在是無能為力。

「那麼今天就上到這裡。」

課程來到預定的八十分鐘時，咲太準時宣布下課。

「咲太老師，辛苦了～」

首先收拾好東西的健人充滿活力地起身。

「山田同學，今天上的內容要複習喔。」

聽到咲太的叮嚀，已經要走出教室的健人露出抗拒的表情轉過頭來。

「山田同學，下週學校見。」

不過紗良這麼說完揮揮手，他就立刻露出開朗的表情。如果健人是狗，想必正充滿活力地搖

尾巴吧。

「姬路同學，妳不回家嗎？」

「我要和老師討論今後的課程。」

紗良瞥向咲太。

「這樣啊……」

健人尋找話題想繼續和紗良聊一下，但在他找到適當的話題之前……

「別在那裡擋路。」

準備回去的樹里對他這麼說。

「我要回去了，而且又沒擋到路。」

最後健人沒能對紗良說些什麼就回去了。

接著，樹里向咲太鞠躬致意後離開。

紗良以隱約忍著笑意的表情目送這樣的兩人。

「不要太捉弄同學喔。」

咲太擦掉寫在白板上的算式。

「是在說山田同學嗎？」

紗良走到他身旁幫忙擦白板。

「也包括吉和同學。」

咲太說出的這個名字，使得紗良的手停在餘弦函數前方。

咲太代替她擦掉餘弦函數。

「原來咲太老師很關心學生耶。」

「如果他們兩人的成績沒進步，我會很頭痛。」

最後剩下的正切函數由紗良擦掉。這麼一來，白板就正如其名變成一片白了。

「知道了。我不想造成咲太老師的困擾，所以會收手。」

紗良乖乖接受咲太說的話，看起來沒在說謊，也沒有感到愧疚。但是她答應「收手」，很乾脆地承認了咲太的指摘。紗良坦承剛才是蓄意做出的行為。

感覺稍微能理解虎之介擔心她的理由了。

「可是關於山田同學的心意，我沒辦法做些什麼啊。」

「這方面山田同學會自己想辦法，妳不用擔心。」

「關於吉和同學的心意也一樣。」

「這方面吉和同學會自己想辦法，妳不用擔心。」

「原來咲太老師對學生很冷漠耶。」

紗良笑著說出和剛才完全相反的評價。

整理好上課用的白板筆後，紗良將白板角落的藍筆拿過來。

「不提這個，咲太老師……」

「嗯？」

咲太接過藍筆反問。

「我的作業，你有好好做完了嗎？」

旁邊的隔間傳來講師解說世界史的聲音。咲太與紗良的視線自然朝向該處。

「到外面說吧。畢竟我餓了。」

在這裡說不知道會被誰聽到。

「啊，我想吃車站前面一間咖啡廳新推出的甜甜圈。」

「我不會請妳喔。」

「咲太老師，請仔細看這個。」

紗良說完將手伸向滿分的答案卷。

「我很努力對吧？」

紗良剛好讓咲太看見「１００分」的部分，露出得意驕傲的笑容。

咲太讓紗良等二十分鐘寫完授課日報之後，兩人一起走出補習班。

日落後的藤澤站前街景點亮了十二月的燈火，比白天還要華美的氣氛充滿活力。氣溫驟降，走向車站的咲太與紗良呼出的氣息被染成白色。

「咲太老師今年的聖誕節要怎麼過？」

「如果和夢境一樣，應該會和妳約會吧。」

「我覺得對學生出手不太好喔。」

紗良以開玩笑的語氣警告。

「可是我們為什麼會在一起？」

「為什麼呢……」

目前找不到頭緒。

「姬路同學，妳認為呢？」

「我認為是咲太老師花心。」

「這個可能性最高耶～～」

「講話請帶點感情啦。」

紗良笑著走上站前立體步道的階梯。她說的咖啡廳在走出北門不遠處……家電量販店正對面的大樓二樓。

可以看見整面都是玻璃的店內有在念書的高中生，以及打開筆記型電腦的上班族。座位坐了

五分滿。白天經常人多到進不去，不過夜晚時段看來比較清閒。

這麼一來，就可以和紗良慢慢談了。

進入店內，店員以開朗的聲音說著「歡迎光臨」前來迎接。

「幫忙找座位吧。」

咲太拜託紗良之後，到裡面的收銀台點了熱的拿鐵咖啡與焦糖拿鐵，還有聖誕季節限定的新品甜甜圈。以ＩＣ卡結帳後，在旁邊的櫃檯接過托盤。

轉身看向餐桌，沒看見應該在該處的紗良，只有包包與大衣放在靠窗面對外面的座位。最重要的紗良本人則是站在更靠近咲太的一張餐桌旁邊。

坐在位子上的是身穿峰原高中制服的一男一女。紗良面帶笑容說話，兩人看起來都愉快地回應。不過從男女雙方都隱約感覺得到可說是慌張或為難，像是皮笑肉不笑的情緒。大概是自己想太多了吧。

咲太先走到餐桌旁就座之後，察覺到這一點的紗良便踩著輕快的腳步走回來，以雙手小心翼翼地拉開椅子，筆直面向咲太坐下。她的雙眼直盯著宛如以白雪妝扮的甜甜圈。

「感謝招待。」

「要對山田同學保密啊。」

要是被他知道，他肯定也會要求咲太請客。

「我會跟他說考滿分就可以讓老師請客。」

如果這樣可以激發幹勁也不錯，但是以健人的狀況感覺會斷然放棄。

「啊，不過山田同學可能會說『那就算了』直接放棄。」

看來紗良也這麼想。

紗良笑著將手伸進口袋，取出手機開始拍照。拍攝對象是甜甜圈和焦糖拿鐵。她一邊說著「好可愛」一邊狂按快門。

「妳認識他們兩人？」

咲太將視線瞥過去，發現身穿峰原高中制服的兩人也在看他。

「女方是班上的朋友……」

紗良首先看向女生。

「和她在一起的，是當運動會執行委員那時很照顧我的二年級學長。」

接著看向座位比較靠近這裡的男生。

兩人視線一交會，紗良就輕輕揮手，對方也揮手回應。然後男方拿著托盤起身，看來是要離開了。

收拾用過的杯子……走出店門的時候，紗良再度和那名女性朋友互相揮手，一直持續到看不

見離店的兩人。

這段時間，男方似乎不知道該如何反應，這恐怕不是咲太多心了。感覺得到他想盡快離開這裡的氣氛，單純是因為跟不上女生之間的調調吧。不過應該還有別的原因。

「姬路同學，妳和剛才的男生發生過什麼事嗎？」

咲太喝一口拿鐵咖啡後這麼問。

「咲太老師真敏銳耶。」

紗良以叉子切一小塊甜甜圈送入口中，說著「好好吃」樂不可支。

「兩個月前，他說希望和我交往。」

然後她很乾脆地這麼說明。

「妳怎麼回覆他的？」

從剛才的樣子就能大致知道結果。至少不是「ＹＥＳ」。

「我說『現在不能交往』拒絕了。」

「『現在』是吧。」

「這也沒辦法吧？因為我對那位學長還不太熟。」

「妳也有對他這麼說嗎？」

「有。」

所以才會那麼坐立不安。聽到紗良這麼說，應該會誤以為自己還有機會，認定未來還留有可能性。

「那個朋友知道妳被他表白嗎？」

「我沒跟她說，但我覺得她知道。女生就是會知道這種事。」

有這份自覺還不以為意地主動搭話，膽子真的很大。

「啊，但是那兩人好像還沒交往，所以我剛才對他們說到時候要告訴我。不過如果是我，絕對不想和被朋友甩掉的男生交往。」

「既然這樣，剛才別管他們不是比較好嗎？」

「可是，才兩個月還是很過分吧？」

紗良以這句話將自己的行動正當化。

「既然盼不到妳回心轉意，早點尋找下一段戀情對他應該比較好。」

「都向我表白了，可以這麼輕易就放下嗎？」

紗良露出難以置信的表情。

「我是會相當依依不捨的那種類型。」

「咲太老師看起來像騙子，卻會說實話耶。」

「那麼姬路同學，妳依然喜歡加西同學嗎？」

突如其來的問題使得紗良睜大雙眼，錯愕地眨了兩下。大概是在這短短的時間內察覺狀況了吧。

「看來是從小虎，不對……從加西學長那裡打聽到某些事了吧？」

紗良帶著傷腦筋的表情展現犀利的推理。咲太對此也稍微感到吃驚。

「他說你們是兒時玩伴。他一直很擔心妳喔。」

「是基於實質上甩掉我的罪惡感嗎？」

紗良笑著確認。

「就是這種感覺吧。」

「但我比較擔心加西學長。居然喜歡上雙葉老師那麼難追的人，肯定會被甩的。」

「不過加西同學好像很受異性歡迎。」

儘管正經八百的印象比較強烈，卻是爽朗的籃球男孩。

「而且看起來是個好人。」

以咲太的體驗來說還只是表面的感想，不過佑真之前說虎之介是「好人」。虎之介相信佑真說的話，所以今天來找咲太商量，同樣地，咲太也相信佑真說的話。既然「好人」佑真說虎之介是「好人」，那就肯定沒錯吧。

「他人很好喔。事實上，他連甩掉的我都會關心。」

紗良故意露出鬧彆扭的表情挖苦，其中隱含了不肯老實承認虎之介是「好人」的情緒。實際上虎之介甩了紗良，所以會被這樣挖苦也在所難免。

從紗良能將回憶拿來說笑的樣子來看，絲毫感受不到她對虎之介的眷戀。所以紗良在這一瞬間的心情，咲太認為不必特地問也知道。

「知道加西學長喜歡的人不是我的時候，我就超討厭他了。」

她露出高明地遮掩害臊的苦笑。

「老師或許聽說了……我與加西學長直到國中都像是公認的一對。」

「好像是。」

「明明也有很多女生喜歡加西學長，氣氛卻像是只有我可以待在他身邊。我對此感到有點驕傲，應該說很享受這種狀況。可是在我進高中之後……」

「加西同學喜歡上別人了。」

對此，虎之介說他第一次察覺這是戀愛情感。

「我真的很受打擊。我認為加西學長喜歡我，周圍的大家也說我們很登對……但這全是一場誤會。我變得無法相信一切，包括自己的想法以及大家說的話，覺得至今看見的世界或許全都是錯的……察覺這一點的時候，我真的好害怕。想到大家或許在嘲笑這樣的我，我連外出都會感到不安。」

「這就是妳上次說的黃金週那時候嗎？」

「對。」

「但是妳罹患思春期症候群之後，這些不安全部消除了。」

至少紗良上次是這麼說的。

「是的。」

「妳最近好像變得受異性歡迎，也是多虧這個原因嗎？」

「咲太老師，你真的好好做完作業了耶。」

「因為我意外地關心學生喔。」

「但是答錯了。我的思春期症候群不是受異性歡迎。不過老實說，我自己也覺得最近很受歡迎。」

「所以妳現在很快樂是吧。」

不用聽答案也知道。紗良神采奕奕的表情述說著一切。

「如果在這時候回答『是』，個性不會很惡劣嗎？」

「我覺得這種個性不錯。」

「這應該不是稱讚吧？」

即使是這種對話，紗良看起來果然也很開心。一件開心的事讓一切變得開心。從現在的紗良感覺得到這種正向循環產生的幸福氣氛。

「我從剛才的對話明白了，咲太老師反對我受到異性歡迎。」

「並沒有反對。不過，也是。今後即使被幾個人表白，被幾十個人追求，被幾百個人討好……妳或許也無法獲得真正想要的東西吧。」

「……這是什麼意思？」

剛剛還開懷暢談的紗良露出不明就裡的表情。

「我現在非常幸福，沒什麼想要的東西。」

她筆直注視著咲太的雙眼，向咲太要求回答。

紗良從剛才就沒說到最重要的事。她說了虎之介的心意跟周遭朋友說的許多事，卻完全沒提到她自己的情感。對於咲太最初的問題也是看似回答了卻沒有回答。

現在依然喜歡虎之介嗎？

紗良沒說「ＹＥＳ」也沒說「ＮＯ」。

「比起受到許多人歡迎，我覺得有其他更幸福的事。」

「是什麼事？」

「這個嘛，舉例來說……」

咲太慢慢開口的時候，腦海浮現麻衣的身影。

只要陪伴在身旁就會感到開心的人。

看到她笑就會更開心的重要伴侶。

希望今後也能永遠在一起的人。

咲太將麻衣這個人的存在放在心上。

「對我來說最幸福的應該是……我最喜歡的人也最喜歡我。」

咲太靜靜說出自己的想法。

發生過那種事的現在才敢說的話語，現在說得出口的話語。這份心意毫無虛假，也沒有害臊或逞強，就只是純粹這麼認為。

「總之只要有這份幸福，以最壞的狀況來說，其他東西我都不需要。」

「……」

紗良忘記眨眼般定睛看著咲太。她的臉上沒有剛才的笑容，表情像是不知道如何對第一次聽到的這段話做出反應。

「姬路同學，我只再問一次，妳依然喜歡加西同學嗎？」

「……」

紗良沒回答。大概是答不出來。

咲太早有這種預感。從一開始紗良說「被甩了」的時候，這份預感就一直突兀地掛在心上。

那天也是，這天也是……紗良從來沒說過這種話。

沒說她悲傷。

沒說她難過。

沒說她哭過好多次……

這一切都沒說過。

紗良唯一說過的自身情感是「受到打擊」，而且理由是虎之介誤會自己的心情。因為大家說的話是錯的，因為她相信這些話而遭到背叛。

「說起來，妳曾經喜歡加西同學嗎？」

「老師的意思是我也和加西學長一樣？」

「我覺得看起來未必不是。」

只是因為大家一直說兩人很登對，才會如此認定罷了。

「……既然這樣，請告訴我吧。」

經過短暫的沉默，紗良下定決心般開口。

上揚看向咲太的雙眼是挑戰的眼神。是挑釁的眼神。

「我要怎麼做，才能像咲太老師這樣喜歡上別人？」

這正是紗良對咲太的問題導出的正確答案。

第二章

I need you

1

「哦～～所以咲太，你要手牽手一步步指導那個孩子談戀愛啊。」

麻衣手上的叉子插向沙拉，發出清脆新鮮的聲音。

「只是她這麼要求，我沒答應，也沒要手牽手一步步指導。」

隔週的週一，十二月十二日。

尖峰時段已過的學校餐廳裡，各處明顯出現空位，逐漸回復平靜。咲太與麻衣相對而坐的桌子兩側也是空的，所以能毫無顧慮地聊這種話題。

「咲太，你不是在思考那孩子的思春期症候群是什麼嗎？為了我而思考。」

麻衣一臉覺得無趣般這麼說，將沙拉送入口中。

「沒錯，因為麻衣小姐有危險。」

「但是為什麼會變成這樣？」

叉子離開麻衣的嘴邊。不知道是不是多心，銀色的尖端似乎在瞄準咲太。再怎麼樂觀看待都不是多心。

「唔哇～～麻衣小姐好危險。」

看來理央的忠告不僅止於開玩笑，這下子必須盡快處理才行。但是咲太沒能立刻想出讓麻衣接受的說詞。

剛好在這個時間點，傳來了拯救咲太脫離危機的聲音。

「請問可以坐這裡嗎？」

來到桌旁的人是美織。

「想坐就儘管坐吧。」

「咦？可以嗎？」

明明是美織自己這麼問，她卻不知為何驚訝地反問。

「平常的梓川同學都會說『很礙事，拜託不要』。」

「今天的我心情很好。」

咲太撒了大謊，以視線催促美織。

「那我就恭敬不如從命了。」

美織來回看向咲太與麻衣，然後坐在咲太身旁。

「……」

「因為我想仔細欣賞麻衣小姐。」

察覺咲太無言的疑問，美織便如此說明。

「看你們的氣氛好像很開心，剛才在聊什麼？」

美織將大分量的炸豬排咖哩飯送入口中並這麼問。她的眼睛看著麻衣手上閃閃發亮的叉子。

把兩人之間危險的氣氛形容為「開心」很像美織的作風。

「總之，是關於喜歡別人的話題。」

「真是哲學耶。」

美織的聲音表現關切之意。

「是嗎？應該是野性吧？」

咲太對此做出完全相反的反應。

「不過為什麼會突然聊這種話題？」

「咲太打工的補習班裡的可愛學生問他這個問題。」

「是女生？」

搞不懂為何需要刻意這麼確認。

「是女學生。」

「唔哇～～」

美織故意裝出厭惡的視線看過來。那是在看補習班變態狼師的眼神，但這個開玩笑的反應只有一瞬間。

「哎～～不過我稍微可以理解耶。」

美織立刻回到原本的話題。

「我經常會思考『喜歡』是什麼意思。」

美織放在湯匙上的炸豬排，一口就消失到她的體內。坐在旁邊的咲太也清楚聽到麵衣令人食指大動的酥脆聲響。

「美東，妳喜歡炸豬排咖哩飯嗎？」

「喜歡。」

美織說著再度以炸豬排與咖哩飯塞滿整張嘴。

「那這就是『喜歡』的心情喔。」

咲太細心說明之後，美織露出不悅的表情。她以眼神表示自己有意見，但是嘴裡依然塞滿炸豬排與咖哩飯而說不出話。

美織咀嚼之後吞下食物，拿起杯子喝口水。

「麻衣小姐，妳喜歡梓川同學的哪個部分？」

才想說她終於開口了，卻不是對咲太，而是對麻衣說話。

「美東，妳問得很好。」

咲太懷著期待看向麻衣。

美織恐怕是企圖利用麻衣反擊咲太，肯定是想要麻衣訓咲太一頓。不過這個選擇是錯的。對於美織的這個問題，麻衣無論是好好回應還是訓斥咲太，對咲太來說都是獎勵。

兩人的視線盯著麻衣。

「他非常喜歡我的這個部分。」

「……」

將咖哩送到嘴邊的美織的手停下了，大概是沒想到麻衣會這麼正式地回應吧。湯匙就這樣停在半空中。

「總覺得這是真理。」

美織讓湯匙鑽進咖哩醬後，洩漏心聲般如此低語，忘記原本的目的，因麻衣的話語而大受感動。

「原來如此，這樣啊～～」她這麼自言自語。

「美東，妳不問我喜歡麻衣小姐的哪個部分嗎？」

「這我不問就知道，免了。」

此時，麻衣放在桌上的手機震動了。麻衣拿起來接聽。

「是，沒問題。好的，現在過去。」

她立刻結束通話，將手機收進包包。

「涼子小姐來接我，我該走了。」

「麻衣小姐，妳現在要去工作？」

發問的人是美織。咲太事前就聽麻衣說過，是要去拍攝以透明感為賣點的化妝水廣告。完美符合麻衣的形象。

「對。那我先走嘍。」

以笑容回應美織的麻衣輕輕起身。

「餐具我來收吧。」

「謝謝，那就拜託了。」

麻衣將包包揹在肩上，戴著戒指的右手在腰間輕揮道別，離開了學校餐廳。

目送麻衣去工作之後，在學生變少的學校餐廳裡，咲太度過了僅僅一杯茶水的悠閒時間。這段期間，咲太稍微對美織說明剛才提到的補習班學生紗良，思春期症候群這部分當然省略。

大致說明完畢後，咲太他們離開學校餐廳趕著上第三節課。兩人朝約一百公尺遠的主校舍踏出腳步。

「不過，那孩子很厲害吧？」

「嗯？」

「你指導的學生。」

「妳是說她將男生耍得團團轉的部分嗎？」

「真要說的話，是她享受女生嫉妒的這個部分吧。」

「美東妳不享受嗎？」

就咲太看來，美織明顯很搶手。和她在一起的時候，不時會感覺到男學生的視線。這種氣氛也理所當然般傳達給周圍的女生，非常輕易就會演變成嫉妒的情緒。

實際上，在認識美織的那場通識課聯歡會，美織的朋友覺得「不錯」的男學生朝美織投以善意的視線，等待交換聯絡方式的機會。美織甚至為了避免這個結果，獨自逃到了咲太那桌。以她這種做法，朋友對她的些微芥蒂應該會殘留好一段時間吧，說不定到現在還殘留著。

「我應該沒辦法吧。明明看我不順眼，卻擅自覺得贏不了我，就算這樣，也因為站在我這邊比較有好處而不肯遠離我，這種人有夠煩的～～」

雖然語氣溫吞，說出來的內容卻意外地尖酸刻薄。聽在耳裡不像在挖苦，可說是美織的厲害之處，會讓人覺得以美織的個性應該就是這樣而能夠理解。

「不過，並不是完全沒有優越感啦。」

美織在最後如此補充，彷彿要把這一切當成笑話帶過。

「原來如此，優越感啊。」

咲太認為這未必是壞事，是和自信只有一線之隔的情感。

「以姬路同學的狀況，這份優越感或許勝過其他情感了。」

「她大概就是這麼喜歡自己吧，遠大於喜歡別人的情感。」

「……」

對美織來說，這或許是無心說出的話。聽起來是這種語氣。但是一聽到這句話，咲太瞬間有種茅塞頓開的感覺。

剛才的這句話，咲太覺得確實說中了紗良的內心。

朋繪之前說過她不太擅長應付從國中時代就很出風頭的紗良。

那句話出自「以高中入學為契機努力改變自己的我和她不一樣」的自卑感。我是假的，她是真的。朋繪或許是這個意思。

紗良的開朗沒有矯情。

親人的態度沒有心機。

從她捉弄人的樣子也感覺不到惡意。沒讓人有這種感覺，實際上應該也沒感覺到惡意。

紗良慣於接受他人的好感。

比任何人都順應世間的大小事。

這樣的言行舉止成為紗良身體的一部分。

完全不勉強自己。

不會故作成熟。

或許因為她總是理所當然地位於人群中心，才會在這樣的生活中習得這種處世之道。

依照虎之介的說明，紗良在幼稚園、小學、國中都處於受到眾人羨慕的立場。這在紗良的心目中是日常生活，是正常的每一天。受到旁人特別的看待，對紗良來說是理所當然。她總是位於眾人的中心，甚至不會對此抱持疑問。

不過，在班上比任何人都充實，在團體中總是受到優惠待遇，或許害紗良不知不覺落入了大大的陷阱。

對紗良而言，「好感」是他人向她表現的。

是別人所給予，只要收下就好的東西。

嫉妒是理應存在的東西。說不定她甚至認為這是讓自己抱持自信的一種刺激。

而且，一直待在這種環境的紗良比起喜歡上某人，最喜歡的是受到別人喜歡的自己。

美織說的話簡單來說就是在表達這件事。

「不愧是搶手的美東，說起話來就是不一樣。」

「因為我是明白差異的女人。」

美織驕傲地挺胸。

「要說順便問也不太對，不過美東妳認為該怎麼辦？」

「是在說你那個可愛的學生嗎？」

美織消遣般刻意強調「可愛」。

「就是在說那個可愛的學生。」

咲太不會因為這種程度就畏縮。實際上紗良的確很可愛，所以只是在陳述事實。

「如那孩子自己所說，讓她能像你一樣喜歡別人不就好了？」

「要怎麼做？」

「我覺得讓她喜歡上你就好了。」

美織說完，忍不住噗哧一笑。

「這真是妙計。」

咲太打從心底抗拒般回答。對美織而言，這應該是她想要的反應。

「我會幫你向麻衣小姐保密。」

證據就是她愈來愈開心。

「那就謝了。」

「啊，不過梓川同學，你也要小心喔。」

美織斜眼看向咲太。

「小心什麼？」

「當然是小心不要變成『抓木乃伊卻變成木乃伊』的下場。應該說要避免成為第三個補習班狼師？」

美織說到一半就逕自被自己的話語逗笑。

「我心裡只有麻衣小姐一人。」

「真的嗎～～？可是今天我聽你說的都是那個可愛學生妹的話題耶。」

「……」

美織戳到了痛處。

「這樣不就中了那個學生妹的計嗎？梓川老師？」

真的是戳到了痛處。

或許咲太的身體在不知不覺間也已經裹上木乃伊的繃帶。要是現在沒察覺，或許會就這麼被裹上一層又一層。咲太想像到這裡只能苦笑。

「要小心喔。」

從美織那裡獲得這個最好的建議時，兩人抵達了主校舍。現在是第三節課差不多正要開始的時間。

2

兩天後的星期三，十二月十四日。在大學上到第四節課的咲太拒絕拓海的聯誼邀約，直接回到藤澤站。

雙腳不是走向居住的公寓，而是和自家反方向的補習班。

抵達補習班的時間是五點半以後。咲太放下隨身物品，換好衣服，立刻在教職員室著手準備今天的課程。

為了健人與樹里，咲太準備了複習上次內容的題目。

為了紗良，咲太挑選了大學入學考程度的幾個題目。首先是共同測驗出題的難度。咲太在門檻高的大學入學考的考古題中挑選課題的時候，莫名感受到視線。

咲太抬起頭。在區隔教職員室與自由空間的櫃檯前面，樹里正看向他。

「那個，梓川老師……」

兩人四目相對時，對方主動搭話了。似乎是咲太剛才專注於挑選題目，所以她在等待搭話的時機。

「吉和同學，怎麼了？」

樹里難得主動搭話。咲太起身走到櫃檯前面。

「這週六的課，可以讓我調整時間嗎？」

「可以啊。」

大概是有什麼行程吧。

「有一場沙灘排球的大賽，我忘記說了，對不起。」

「在這種季節也會辦啊。」

說到沙灘排球，就是盛夏高照的豔陽、白色沙灘、小麥色肌膚以及色彩繽紛的泳裝。這是咲太擅自的想像。

「原本預定在九月舉辦的大賽因為颱風延期。」

「明明已經十二月了啊。」

「因為是遠征沖繩。」

「原來那邊這麼溫暖啊。」

對喔，不久前翔子寄信附的照片，無論怎麼看都還是夏季服裝。

「畢竟現在是這種季節，選手們幾乎都會穿排球服吧。」

「原來有排球服啊。」

接連出現不知道的情報。咲太原以為這完全是夏季限定的運動。

「總之我知道了。大賽加油。」

「好的。謝謝老師。」

「想改到哪一天上課？」

咲太看向牆上貼的日曆。

「老師的行程在二十三日方便嗎？」

「可以喔。那就二十三日。」

「好的。」

該說的事情說完之後，對話中斷了。

「……」

即使如此，樹里依然不發一語，也沒離開櫃檯。

「還有什麼事嗎？」

咲太如此催促，樹里肩膀便微微一顫。

「……那個，這件事是聽我朋友說的。」

壓低音量的樹里視線靜不下來，追著櫃檯的紋路跑。並不是想看而看，恐怕她自己也沒要看紋路的意思，因為她的注意力集中在和視線不同的地方。

「原來如此，朋友是吧。」

「我作了那個人被甩的夢。向喜歡的人表白……」

「畢竟最近『#夢見』挺流行的。」

「是的，所以……在這種時候，老師覺得應該怎麼做？」

「妳說的是山田同學與姬路同學嗎？」

「！」

沒否定也沒肯定。純粹的驚訝支配樹里的表情，驚嚇過度而說不出話。只有「為什麼？」的哀號從臉蛋冒出來。

「哎，畢竟山田同學很好懂。」

「……」

樹里對此沒說「是」也沒說「不是」，只有傷腦筋般露出有點生氣的表情。或許只是在讓心情鎮靜下來。

「不過這對妳來說不是好事嗎？」

「……不可能是好事吧？我喜歡的人被那種討厭的女生玩弄了。」

樹里的眼睛比聲音還動搖，因為不甘心跟不耐煩而顫抖。

「既然這麼火大，我覺得試著讓山田同學喜歡妳就好了。」

「不可能。」

樹里斷然割捨這個可能性，沒有絲毫空隙能讓光線射入的完美拒絕。

「我不可能贏過姬路同學……」

接著擠出來的聲音小得幾乎聽不到。樹里的視線落在櫃檯，不對，是更下面，深深落在底部的腳邊。

咲太知道紗良廣受男生歡迎。

但是咲太覺得勝算沒有樹里想的那麼低。至少樹里應該不必那麼悲觀。

「希望妳別生氣，聽我說。」

「……什麼事？」

稍微揚起視線的樹里聲音已經有些不悅。應該不是在對咲太生氣，只是因為聊到討厭的話題導致心情消沉。

不過，視線好好和咲太相對的樹里雙眼似乎混入了些許期待。她雙手用力抓著櫃檯邊緣，緊張地等待咲太說下去。

「以山田同學的個性，只要妳稍微露一下泳裝的曬痕，應該就可以一舉成功。」

「……」

沒有立刻反應。

或許是還沒理解咲太說了什麼。樹里表情沒變，只是反覆眨眼。

最後大概是理解了，樹里的視線左右游移。

「……真的嗎？」

咲太原本做好了被罵的準備，樹里第一句話卻是輕聲確認。她稍微斜斜地看向咲太，眼神確實隱含希望之光。

看來剛才的建議或許是錯的。

「我真的這麼認為。」

然而事到如今已無法退縮。咲太也不認為自己在說謊，既然這樣，也只能直接向前衝了。

「……」

樹里再度沉默，露出思索的表情，似乎是姑且想問得更清楚一點，但是老天爺不給她這個時間。

「大家好～～」

隨著只有活力卻沒有幹勁的這聲招呼，前來的是話題的核心人物——健人。

「啊，咲太老師，哈囉～～」

樹里完全沒看向健人，背對著他。從健人的方向看不見樹里的臉蛋紅通通的。

「看來到齊了，那就開始上課吧。」

「咦？姬路同學已經在教室了？」

一無所知的健人悠哉地說出這個名字。樹里抱著書包的雙手會更加用力也是在所難免。

「姬路同學從今天開始上另一套課程，時間也往後調了。」

「是……是喔……」

健人漠不關心般將手插進口袋。

「我立刻過去，你們在教室等吧。」

「咲太老師，今天要上什麼？」

「首先複習上次的內容。」

「我受夠正弦跟餘弦了啦～～」

「還有正切喔。」

「真的好煩～～」

健人發出打從心底抗拒的聲音進入教室。樹里瞪著他的背影直到看不見。

從下午六點開始的八十分鐘課程，按照預定在七點四十分告一段落。

「山田同學，你表現得很好。今天就上到這裡。」

「終於結束了～～補習班的課也太長了。」

相較於高中確實上得比較久，心情上大概會覺得是兩倍左右吧。

「上大學後一節課是九十分鐘喔。」

「我絕對不要上大學。我現在決定了，我不要念大學。」

虛脫的健人趴在桌上。

「啊，對了，山田同學。」

「怎麼了？」

健人只把頭往上抬。

「接下來週六的課，可以改到下週的二十三日再補課嗎？」

「喔，真的假的？週六可以休息嗎？」

「之後要補課。」

上課次數沒有減少。即使如此，當前的假日還是令健人開心不已。

「可是……為什麼？」

「吉和同學說要去沖繩比賽。」

「是喔，所以是全國大賽？」

樹里收拾自動筆時，健人突然搭話。

「對。」

「明明才一年級，妳好厲害。」

「這很正常。」

「不，這可不簡單喔，加油吧。」

「……」

突然被說「加油」的樹里露出正經的表情僵住。

「嗯，我會加油。」

接著樹里不由得率直地回應。大概是覺得失敗了，她才剛說完，視線就上下左右不安地游移，忽左忽右到頭昏眼花的程度。幸好趴在桌上的健人沒看見樹里的模樣。即使如此，樹里依然迅速地說聲「我先走了」離開教室，連大衣都沒穿，就這樣和書包一起拿在手上……正如字面所述，倉皇逃離。

教室只剩下咲太與健人。健人還趴在桌上，沒有要離開的徵兆。

「山田同學，你不回去嗎？」

以往都是健人率先離開教室。原本以為他會分秒必爭地早點離開補習班，但他今天看起來不一樣。

「我說，老師……」

「什麼事？」

「姬路同學有在交往的對象嗎？」
「和她同班的你在這方面應該比較清楚吧？」
「好像沒有，可是……」
「可是？」
「她有喜歡的人嗎？」
「別問我，去問姬路同學就好啊。」
「就是不敢問她，我才會問老師啊！老師，可以幫我問嗎？」
「不要。」
「拜託！」
健人依然趴在桌上，雙手合十膜拜。
緊接著，一個人影進入教室。
「啊，還在上課嗎？」
說完現身的是當事人紗良。
她來回看向膜拜的健人與被膜拜的咲太。
「應該不是在上課吧？」
她帶著笑容確認般問道。

「山田同學說他有問題想問妳。」

「欸！咲太老師？」

健人連忙彈起來。力道過大，整個人從椅子上起身。

「山田同學，什麼事？」

「不……不是什麼大不了的事。」

「那就說說看吧，我會在意。」

說的話被反將一軍，健人瞬間陷入絕境。

「呃～～就是……聖誕節不是快到了嗎？」

「嗯。」

健人的話題從很遠的地方開始。他有好好盤算要怎麼抵達終點嗎？感覺沒有。

「而且最近在學校，情侶也變多了。」

「會有點心急對吧。」

「姬路同學有正在交往的對象嗎？我剛才和咲太老師在聊這件事。」

強行轉舵開到終點……才剛這麼想，就在絕妙的時間點拖咲太下水。恐怕是在說話的時候承受不了紗良筆直看過來的視線。

被拖下水的咲太感到困擾，不過健人這樣已經算是相當奮戰了吧。

然而他犯了一個嚴重的錯。要是問這種問題，紗良肯定會回以強烈的反擊。

「山田同學，你為什麼會在意這種事？」

「咦？問我為什麼……」

健人已經放棄和紗良面對面，他看向咲太的軟弱雙眼喊著「救救我」。

咲太不得已，決定就幫他這一次。

「因為想說如果妳有男友，聖誕那兩天就不能排課了。」

「不想在聖誕節上課的應該是咲太老師吧？」

正如計畫，紗良將矛頭轉向咲太。

「沒錯，我絕對不想排課。」

「老師，我們跟女友，哪一邊比較重要？」

「當然是女友啊。」

「老師，請你就算這麼想也不要說出口啦，而且表情還這麼認真。」

咲太認真回答之後，假裝生氣的紗良笑著責備他。

「就是說啊，老師。」

健人把咲太當成黑臉，拚命想離開剛才的話題。他自然而然穿上大衣，暗自做好回家的準備。咲太希望健人將來可以還他這份人情。

「那我回去了。」

健人向咲太與紗良這麼說，準備離開教室。

「啊，山田同學。」

紗良叫住他。

「咦，什麼事？」

既然清楚被叫到名字，健人也只能轉過身來。他的表情有點僵硬。

「我沒有正在交往的對象，但是有中意的對象。」

「……」

健人維持轉過身的姿勢目瞪口呆。雖然嘴巴開開合合想說些什麼，卻只發出奇怪的呻吟，說不出人類的語言。

「就這樣。拜拜。」

看到紗良揮手，健人反射性地舉起單手回應，只發出「噢，嗯」這種不確定是否有意義的聲音，以幽靈般的腳步離開教室。

教室裡只剩下咲太與紗良。

紗良若無其事地就座，從書包裡取出筆盒與筆記本後，回應咲太的視線般抬起頭。

「我認為剛才是聊這種話題的咲太老師不對。」

「我可沒責備妳。」

「但是老師剛才用『妳又來了』的表情看我。」

「我是感到佩服，覺得妳很了不起。」

「這是『以某種意義來說』的佩服吧？」

「是『以各種意義來說』。」

「那我應該要怎麼做，就請咲太老師在今天的課程教我吧。」

「那麼，首先妳寫這個看看。」

咲太在桌上放了兩張考卷。

「第一張是共通測驗水準的題目，第二張是頂尖大學的考古題，都是二次函數的題目。」

「只要解開這些題目，就可以像咲太老師這樣喜歡別人嗎？」

「以妳現在的學力應該寫得出來，時間是四十分鐘。」

咲太讓紗良看碼表的數字，按下開始鍵。

紗良似乎還沒說夠，但是聽到開始的嗶聲就乖乖開始解題。感覺她這一面確實是認真的模範生，只有噘起的嘴巴在向咲太表達抗議的意思。

咲太在等待的時候也一起解題。要是自己寫不出來就無法向紗良解說。

首先是假設共通測驗會考的題目。這三題咲太都成功解答了。

接著是頂尖大學的考古題，這部分沒能輕易解答。挑選題目的時候，咲太看過模範解答覺得應該會寫，但在真正解題的時候就面臨了自己不太會寫的事實。

畢竟寫不出來的話不太妙，所以咲太拿起參考書。和書上的解說奮戰時，時間逐漸流逝。結果在他寫完之前就過了四十分鐘，碼表響起時間到的聲音。

紗良吐了口氣，放開自動筆，在像是考試完畢的氣氛中將兩手放在腿上併攏。她的表情看起來悶悶不樂。

「怎麼樣？」

「只寫完前兩題。」

準備的題目共五題，三題是共通測驗的水準，兩題是頂尖大學的考古題。

「在現在這個時間點能寫完兩題很夠了。」

紗良才一年級，距離正式應考還有兩年。

咲太確認紗良寫在筆記本上的解答。她說「寫完」的前兩題正確解出了答案。

第三題是俗稱的陷阱題。紗良完全中了出題者的陷阱，算式朝著和答案不同的方向展開。紗良好像也在中途察覺自己犯下某些錯誤，但是時間不足以解出正確答案。

「首先從第三題開始解說。」

咲太在白板上寫起模範解答。

「啊，原來要用那個公式。」

接著在咲太寫出第一個算式的時候，紗良這麼說了。

看來她很快就察覺自己犯下的錯誤。

「沒錯，和這邊的函數無關。」

只要一開始沒有選錯，這一題實際上計算起來非常簡單，內容比起數學，更考驗國語能力。

這個陷阱的巧妙之處在於有好幾種題目非常相似，這些經常會考的題目都是以紗良寫在筆記本上的方式來解答。愈是習慣這種必勝模式的學生，愈容易陷入題目的深度陷阱。

「總覺得這一題很像咲太老師。」

「我的個性好多了。」

「不過我喜歡咲太老師神經大條的這一面。」

「那麼來看下一題。」

「請不要無視學生的表白啦。」

「我也不討厭妳的這一面喔。」

「……」

聽到咲太這句話，紗良睜大眼睛嚇了一跳。

咲太不以為意地轉過身去，在白板上畫出二次函數的圖形。

「不過如果妳對我以外的人也是這種態度，我就會擔心。」
「……這是什麼意思？」
「沒錯，這就是關鍵。這個單純的『y=x』很棘手。」
「我問的不是題目，是老師說的那句話。」
咲太停下手，轉身看向紗良。
「……」
紗良的雙眼看著咲太。
好啦，要以何種方式說些什麼呢？
咲太尋找話語的時候，紗良嘴角露出笑容看著他。
就在這個時候，熟悉的人影從紗良身後……從教室前面經過。是理央。
「啊，雙葉，等一下。」
被叫到的理央回到門口。
「什麼事？」
「妳來一下。」
咲太招手，理央便帶著疑問的表情進入教室。
「不是在上課嗎？」

理央側眼注意到紗良。

「這一題我不懂。雙葉，麻煩解說一下。」

「身為補習班講師，你這麼說沒問題嗎？」

「拜託啦。」

理央看向咲太給她的題目，大約思考三十秒後，首先擦掉咲太寫在白板上的圖形與算式。

理央重新工整地寫下二次函數的圖形與算式。書寫的時候，她逐一仔細解說圖形的意義與算式的用意，計算過程也詳細寫出來，沒有省略。

咲太花了二十分鐘也不明就裡的難題，理央短短五分鐘就解決了。

結束的時候，圖形與算式填滿白板。

「現在這樣大致看懂了嗎？」

理央蓋上白板筆的筆蓋，轉過身來。

「很清楚了。」

咲太搶先紗良如此回答。

他從中途就坐在紗良旁邊一起聽理央解說。

「我沒問你。」

理央冷淡地這麼說。

她的視線不經意朝向紗良，紗良便緩緩點頭。

「很清楚了。」

她這麼回答，還說出「非常淺顯易懂」的真心話。

「姬路同學，妳數學以外的成績肯定也很好吧？」

咲太突然這麼問，引來紗良與理央的視線。一半是疑問，另一半一定是感到不解。

「還不錯啊……？」

紗良回以隱含詢問的謙虛答案。

「第一學期的成績，平均大概是怎樣？」

「我想差不多在『8』與『9』之間。」

成績比咲太想像的好。應該是幾乎以「8」與「9」填滿，偶爾有「7」與「10」的感覺吧。從咲太看來是難以置信的成績，不過麻衣高中時代的成績單正是這種狀態。

「以姬路同學的成績，只要現在開始接受優秀老師的教導，就算是很難考的大學也能應屆考上吧？」

理央察覺咲太這番話的意思，朝他投以有點困擾的視線。

「這是什麼意思？」

「雙葉教得比我好。姬路同學妳也這麼認為吧？」

題目愈難，這種傾向就愈明顯。

「所以，由雙葉指導妳比較……」

咲太還沒說完「比較好」這三個字。

「我要咲太老師。」

紗良急迫的情感便覆蓋上來，完全打斷他的話。

「……」

音量絕對不大，但是紗良的態度有著不容繼續發言的堅定拒絕。教室的氣氛瞬間凍結，這層冰隱含著輕觸即碎的脆弱。隨著時間經過，開始充斥寒冷的緊張感。

理央露出有點吃驚的表情，咲太內心也吃了一驚，因為他第一次看見紗良像這樣赤裸裸地表露情緒……

不過最吃驚的應該是紗良自己。

一時衝動說出這種話……

情感滿溢而出……

發出的聲音比自己想像的大……紗良看起來對此嚇了一跳。

「發生什麼事？還好嗎？」

在教室門口探頭這麼問的是院長，應該是正在巡視上課的狀況吧。

院長首先看向紗良的背，然後朝咲太露出困擾的表情。表情之所以帶著緊張，是因為院長知道咲太是第三名講師，知道前兩任講師後來的狀況……

「不好意思，我有一題事先準備不夠充分，所以請雙葉老師幫忙。」

「是嗎？」

紗良對此點頭回答「是的」。等待紗良做出反應後，理央也簡短回答「是的」。

沉默立刻降臨。

打破沉默的是宣告課程結束的碼表聲。聲音很輕微，但足以成為離席的契機。

「今天謝謝老師。」

紗良低著頭將筆記本與筆盒收進書包，一把抓起大衣。

「下次也請老師多多指導。」

紗良說完低頭致意，走出教室。

院長原本想搭話，但是到最後沒叫住紗良，改為看向咲太。

「沒問題嗎？」

院長以籠統的話語確認，不知道是在問哪件事「沒問題」。院長散發出不想明講的氣息。

所以咲太也模糊焦點，只回答「是的」。雖然沒有意義，卻是收拾這個場面所需的儀式。

「總之請多費心了。」

院長說完便離開教室門口。
最後連腳步聲都聽不到了。
只有咲太與理央伴隨著莫名的氣氛留在教室。
理央深呼吸一次，然後發問。
「這是怎麼回事？」
她的嚴厲語氣可以形容為質詢。
「妳在問什麼？」
「你剛才是故意惹她生氣吧？」
雖然字面上是在確認，理央的表情顯然斷定這是事實。
既然被波及了，理央便要求咲太好好說明。
「從結論來說，這是為了保護麻衣小姐。」
咲太最近關心的事情全部歸結在這一點。
「是在說那些訊息嗎？內容是『找出霧島透子』與『麻衣小姐有危險』的訊息。」
咲太默默點頭回應理央的確認。
「雙葉，妳之前說過吧？可能是霧島透子直接危害麻衣小姐，或者是因為霧島透子而產生思春期症候群的某人害麻衣小姐面臨危險。」

「不過前者的可能性應該很低吧？」

「算是吧。」

和透子見面聊過的結論，和理央現在說的一樣。

「那麼，如果將可能性限定為後者……原來如此，梓川，看來你知道她的思春期症候群是什麼了。」

「這我完全不知道。」

「……我聽不懂你在說什麼耶。」

理央難得皺眉。

「雖然還是不知道是哪種現象，但我大致知道她為什麼會罹患思春期症候群了。」

只要說到這裡，理央肯定會理解。

「……這樣啊，原來是這麼回事。真要說的話確實像是你的作風。換句話說，你不知道她是哪種思春期症候群發作，就直接試著解決她抱持的問題，想治好她的思春期症候群。」

「這作戰不錯吧？」

以往都是如此，思春期症候群發作和心理問題有著明顯的因果關係。問題的根基就在那裡。所以在專注於治療的時候，紗良的思春期症候群會引發何種超自然現象並不是太重要。只要解決紗良內心懷抱的問題就好。問題也可以用這種方式解決，找出正確解答的路未必只有一條。

「就算這麼說，用那種方式試探高一女生終究不是成熟的做法吧？」

「哎，或許會被她討厭。」

「這就是目的吧？不過她……雖說做出你期望的反應，但是看起來有點太極端了。」

「啊，這是託妳的福。」

「我？」

「我說過姬路同學思春期症候群發作的契機吧？」

「她被甩的那件事嗎？」

「對方是加西同學。」

「……」

理央正如字面所述啞口無言。

「梓川。」

從她平靜的語氣感覺到明確的憤怒。

「嗯？」

「拖我下水的時候，麻煩先說明理由。」

「說明之後，妳就會幫我嗎？」

「如果是類似這次的狀況，我絕不會幫你。」

所以咲太沒說。而且在這次的狀況也沒機會說。

3

隔天星期四，咲太醒來時已經在下雨。

對這段時間一直是乾燥晴天的冬季空氣而言是天降甘霖。即使氣溫和昨天一樣，也莫名感覺暖和，大概是溼度的關係吧。

只不過在電視的氣象預報單元穿著冬裝的氣象女主播說在這場雨停之後，氣溫將從週末開始驟降，「寒冷的嚴冬將會到來」。

「畢竟在那場夢裡的聖誕節很冷。」

一大早就思考這種事的咲太拿著傘出門。

除了下雨，通學路上沒什麼明顯的變化。藤澤站早晨的光景；從車站搭乘東海道線電車的擁擠程度；轉車時的橫濱站熱鬧的氣氛……一切都一如往常。

相較於昨天、前天甚至一週前都沒什麼改變，一直都是熟悉的街景與日常生活。

要說到哪裡不一樣，頂多就是從橫濱站搭京急線時，再也看不見會發出神奇加速聲的電車。

遇到的話會覺得賺到，所以在最後一列電車功成身退後倍感遺憾。通學時的小小樂趣消失了。

就像這樣，世間看似一成不變卻慢慢改變。逐漸改變。

大學的下半學期也差不多進入尾聲，每一門課各自宣布取得學分要交的報告課題，或是通知明年一月要考試。

第一節課是第一外語英語，要考筆試與聽力測驗。第二節課是學習基礎知識的通識，要依照課題繳交報告。第三節課是學習統計科學必備的基礎數學，理所當然地要考試。第四節課是使用電腦的資訊處理，在剛才出了「製作網頁」這個罕見的課題。

資訊處理這門課下課之後，各處傳來朋友之間「報告要怎麼辦？」「什麼時候寫？」「明年才要交吧？應該可以輕鬆搞定」的交談聲。從氣氛來看沒人想立刻認真準備，都以閒聊的感覺快步離開教室。

走廊傳來「我餓了，要不要去吃飯？」「我沒錢」這種早早改變話題的小團體交談聲。

在這樣的狀況中，咲太沒離開座位，留在電腦前以關鍵字「＃夢見」搜尋「櫻島麻衣」。

如果某人夢見麻衣發生不幸事件，或許可以明白那段訊息的意思。

因為麻衣是名人，才能依賴這個手段。

不過咲太之前就試過好幾次，今天依然沒在社群平台找到類似的留言。

接著咲太也以「霧島透子」搜尋。

如果查到關於透子的某些情報，或許可以明白非得找出霧島透子的理由……

然而這方面也沒有任何和那段訊息相關的留言。

只查到「櫻島麻衣」是「霧島透子」的錯誤臆測。

——歌聲很像

——在連續劇裡哼的歌一摸一樣

——據說快要正式公布了

眾人擅自寫得煞有介事。

明明麻衣就不可能是透子。

咲太知道她們是不同人。

然而有不少人把謠言當真，咲太感到訝異。

如果不像咲太這樣兩人都認識，或許會這麼認為。如果對此沒有太大的興趣，或許會在收到情報的時候心想「原來如此」而接受。如果這個人不在乎情報的真假，便是如此。

在人們之間蔓延卻無根無據的謠言就是像這樣傳開來的吧。

「梓川，你在查什麼？」

從旁邊座位搭話的人是不發一語留在咲太身旁的拓海。

「麻煩事。」

咲太難以全部說明，所以就隨便回答。

「看來很麻煩。」

拓海對咲太的回應一笑置之，沒有刻意追問。

「福山你在看什麼？」

在咲太的視野一角，拓海從剛才就以認真的表情注視著畫面。

「校慶不是辦過校花校草選拔賽嗎？」

「好像有。」

是上個月上旬的事，至今已經過了一個月。

咲太沒有直接去看比賽，但知道和香她們「甜蜜子彈」客串擔任主持人。獲得冠軍的男女分別由她們頒發獎盃。

「然後，這個網站介紹了歷屆冠軍。」

「你在比較哪一屆的校花最可愛嗎？」

很像是男生會做的事。如果好幾個人聚在一起看，肯定會說「我喜歡這個女生」、「我絕對選她」之類的感想炒熱氣氛。

「我就是這麼想的，不過只有去年的校花沒刊登個人資料。明明校草就有……」

「應該是網頁Miss掉了沒補上？」

「就因為是小姐（Miss）啊。」

「……」

「呃，剛才是你開的頭吧？」

「……」

「可以不要無視我嗎？」

咲太連這句話都無視，將手放回滑鼠準備繼續搜尋霧島透子。這一瞬間，放上右手的桌子微微震動。拓海的手機在桌上一邊震動一邊滑動。

咲太在瞥見的手機畫面看見認識的名字。

是上次聯誼時一起參加的國際商學系二年級學生——小谷良平。

「喂，什麼事？」

拓海以開朗的聲音接電話。

『今天的聯誼缺一個人，福山學弟你要來嗎？』

大概是音量很大，連咲太都聽得到對方的聲音。

「我去，我要去。」

拓海完全沒思考就立刻回答。

『是嗎？那我傳詳細資料給你。』

「好的，請多關照。」

短短對話幾次之後，拓海結束通話，立刻起身穿上大衣，揹起背包。

「那我走了。」

拓海舉手道別，動身離開教室。

「你電腦還開著耶。」

咲太如此提醒。

「幫我關！」

走廊傳來回應。

連聯誼對象是誰都不知道就飛奔前往參加，咲太一邊祈禱拓海平安無事，一邊將手伸向滑鼠幫拓海關機。

然而他的手在這時候完全停住了。

眼睛直盯著畫面。

去年的校花選拔賽冠軍。

拓海說只有她的個人資料沒刊登，然而並非如此。

只是拓海看不見罷了……

只是他沒能認知罷了。

清純的黑色長髮。
潔淨的白色女用襯衫。
感覺有點害臊地看向鏡頭微笑的她，是咲太認識的人物。
偶爾會在大學看見的迷你裙聖誕女郎。
肯定是霧島透子沒錯。
咲太看向個人資料。
最上方的姓名欄位記載著陌生的姓名。
「岩見澤寧寧……？」
換句話說，「霧島透子」應該是藝名。
學年在去年是二年級。正常升級的話，現在是三年級。如果是應屆考上大學，那就比咲太大兩歲。
學系是國際人文學系，跟麻衣與和香一樣。
出身地是北海道，生日是三月三十日，身高一六一公分。
個人資料只記載到這裡。
突然的發現令咲太心情亢奮，像是遭逢什麼天大的事情般心跳加速。不過仔細想想，只是知道了她的本名、學系、年級、出身地、生日與身高。

全都是表面上的資訊。透子的本質並未記載在這裡。

即使如此，或許也會成為通往本質的一條道路。

咲太懷抱這份期待，以鍵盤輸入「岩見澤寧寧」，再以滑鼠點選搜尋鍵。

4

咲太開始搜尋「岩見澤寧寧」一個多小時後關機。時間已經快超過六點了。

走在只聽得到自己腳步聲的走廊上離開主校舍。從早上就在下的雨使得原本就陰暗的天空變成一片漆黑，路燈耀眼的林蔭步道完全是夜晚的氣氛。

即使如此，還是零星可見學生走在林蔭步道上，也有身穿白袍的學生和正要回家的咲太擦身而過。大概是在做畢業研究的四年級生，手上提著裝有泡麵與寶特瓶裝咖啡的便利商店塑膠袋。

不知道自己是否總有一天也會過那種生活。

思考這種事的咲太走向車站，搭上沒多久就進站的快速列車。

在京急線搖晃約二十分鐘，到了許多乘客上下車的橫濱站，咲太也在這裡轉車。

這次是在東海道線搖晃約二十分鐘。

咲太抵達藤澤站的時間是許多社會人士熙熙攘攘的晚上七點多。

咲太對於下個不停的雨感到不耐，撐傘踏上歸途。

一邊思考事情，一邊走在通往公寓的熟悉道路。

今天調查之後得知了幾件事。

首先以「岩見澤寧寧」搜尋之後，她本人的社群帳號出現在第一行。是上傳照片與短文的那種社群網站。

仔細檢視就可以知道，她獲選為大學校花之前……從高中二年級就開始在家鄉北海道進行簡單的模特兒活動。

也寫到她後來趁升上大學搬到神奈川縣。

成為大學生後，以校花選拔賽為契機加入模特兒經紀公司，活動以時尚雜誌為主。

在社群網站上，她自豪地寫到模特兒活動逐漸增加。然而看似順利的事業只到今年春天，四月六日最後一次發文後就完全停止更新。

「或許是在這個時期無法被別人認知了。」

就咲太所知，迷你裙聖誕女郎透子只有他看得見。沒被任何人認知，根本無法從事模特兒的工作。

不過即使檢視她的社群網站，也完全沒提到霧島透子的事，找不到關於音樂的話題。

或許是想和模特兒的工作完全區隔吧。

她這麼做的理由，不是當事人的咲太不可能知道。

「哎，只能在下次見面的時候問了。」

得出這個結論時，咲太察覺映入眼簾的公寓前面停著熟悉的車子。

白色廂型車。

是麻衣的經紀人花輪涼子開的車。

走近一看，駕駛座上果然有涼子的身影。

發現咲太的涼子點頭致意，咲太也鞠躬回應。

但是涼子的視線立刻移向旁邊，看著咲太居住的公寓大門。咲太也跟著往那裡一看，麻衣從門後走了出來。

麻衣準備撐傘的時候，咲太走過去將自己的傘移向麻衣。

「咲太，你回來啦。今天好晚。」

「麻衣小姐，我回來了。我剛才在調查一些東西。」

「大學的課題？」

「不是，是另一種。」

「有什麼進展嗎？」

「還沒查到真相大白的程度，所以不知道該怎麼說。」

這件事還沒得出結論，再怎麼努力說明也只會不上不下。

「既然這樣，我現在沒空，晚上再打電話給你。」

「妳現在要去工作？」

「工作是明天，今天要先去當地。我要出席福岡的電影節。」

「會穿禮服的那種活動嗎？」

「會穿喔，漂亮的禮服。」

「我也好想看耶。」

「想看照片的話，涼子小姐會拍很多張。」

「但我想看本人。」

為避免踏出腳步的麻衣淋雨，咲太陪她前往車子後座。側滑式車門自動開啟迎接麻衣。

「晚飯我做好了，和花楓一起吃吧。」

麻衣進入廂型車，坐好就立刻繫上安全帶，也沒忘記向撐傘的咲太說聲「謝謝」。

「對了，咲太。」

「什麼事？」

「箱根的溫泉旅館，我訂好了。」

「聖誕節的？」
「但是不知道你去不去得了。」
「我會去喔，絕對會。」
「就算你不行，涼子小姐也會和我一起住，你不必在意。」
「那間旅館，我一直想住一次看看。」
默默在旁邊聽著的涼子插話開了這個玩笑。不對，她想住那裡的心情或許是真的。副駕駛座放著箱根的導覽手冊，看來是滿心想要成行。
「那麼到時候請代替我好好享受吧。」
「但是和心情不好的麻衣小姐在一起，我會有點憂鬱。」
「你們兩個在說什麼啊？」
麻衣的反應使得咲太與涼子同時笑了。咲太笑著從車門退後一步，向涼子示意。
側滑式車門開始自動關閉，然後就像最後一塊拼圖精準嵌上，後座車門完整緊閉。
車子緩緩起步，廂型車逐漸融入夜色之中。唯一清楚看見的大紅色車尾燈，也在車子轉彎之後立刻看不見了。

5

「和麻衣小姐泡溫泉，好期待啊～～」

泡進浴缸後，這句自言自語自然脫口而出。

身體逐漸暖和。肚子被麻衣做的雞湯風味高麗菜捲填飽，內心對聖誕節過夜約會滿懷期待。

不過，咲太基於某個隱情不能率直地感到喜悅。

「如果能在聖誕節之前解決各種事該有多好……」

老實說，看起來很難。

今天是十六日，剩餘時間約一週。

在這之前能治好霧島透子的思春期症候群嗎？

能治好姬路紗良的思春期症候群嗎？

現階段來看，前者沒什麼希望。雖然今天有些許進展，卻沒能獲得接近透子核心的情報。

另一方面，後者應該也不可能在一週內做個了結。要看紗良在下次上課時做出何種反應，目前還可能朝著各種方向演變。

說起來，思春期症候群是當事人心理上的問題。無論咲太再怎麼費心，最後也只能由紗良自己做了結，並不是由咲太親自治好。這是以往如此，今後也不會改變的事實。

「結果只能順其自然了吧。」

煩惱也沒用的事情就趕快放棄思考。咲太好好泡暖身子後出浴。

來到更衣間先以浴巾擦頭髮。從上到下擦拭身體的時候，客廳的電話響了。

「哥哥，沒看過的號碼打電話來。」

花楓片刻之後如此告知。

「花楓，幫我接。」

聽到她說是沒看過的號碼，咲太認為或許是透子打來的。既然這樣就不想放過這個機會，有機會對話的時候想盡量對話。這是認識霧島透子這個人的契機，也可能成為治療思春期症候群的線索。

「咦～～我不要。」

和這個不滿的聲音相反，電話鈴聲立刻停了。

在客廳的花楓即使抱怨，還是幫忙接了電話。

咲太連忙以浴巾擦乾身體，穿上內褲。

「……是的，沒錯。」

只穿一條內褲的咲太走到客廳，和耳邊抵著話筒的花楓四目相對。

「哥哥，是補習班的人打來的。」

花楓說完就遞出話筒。

「補習班的人？」

「一位男性。」

想不到是誰的咲太接過話筒。

「喂，我是梓川咲太。」

咲太戰戰兢兢地接電話。

『啊～～梓川老師。』

傳入耳中的是熟悉的大人的聲音。

「院長？發生什麼事了嗎？」

『抱歉這麼晚突然打給你。姬路同學剛才聯絡我了。』

「發生什麼事了嗎？」

聽到紗良的名字，咲太重複問了相同的問題。

『沒有啦，不是什麼重要的事。她問我梓川老師的聯絡方式，說她想討論下次上課的日程。這是私人資訊，我想說起碼先向你確認一下。』

「謝謝您特地確認。沒問題，請把這個號碼轉達給姬路同學。」

『好的好的，那麼務必多多照顧她喔。』

「好的，麻煩您了。」

咲太等院長掛斷電話後放回話筒。

反正電話很快又會響。這次會是紗良打來的。

現在院長正在聯絡紗良，把這裡的電話號碼告訴她吧。

現在紗良正在寫下號碼，向院長道謝之後掛斷電話吧。

時間差不多了，電話什麼時候響也不奇怪。

然而即使經過五分鐘，十分鐘，電話也沒有要再度響起的徵兆。

或許是院長聯絡不上紗良。

「哥哥，會感冒喔。」

在暖桌放上筆記型電腦看影片上課的花楓提出這個中肯的指摘。這個季節只穿一條內褲並不好過。

咲太進自己的房間穿衣服。

於是，電話好巧不巧在這時候響了。

「花楓，幫我接～～」

「咦～～又是我～～？」

在這聲抱怨之後，客廳傳來聲響。是花楓起身的聲音。傳來大步走路的噠噠聲，和電話的距離是三步半。電話鈴聲在這時候停了。

「哥哥，電話掛斷了～～」

咲太穿上居家服走到客廳。

代替回到暖桌旁的花楓站在電話前面。

朝按鍵伸出手要確認來電號碼時，電話再度響起。070開頭的十一個數字。

咲太拿起話筒接電話。

「喂，梓川家。」

『啊，我是受咲太老師關照的學生，敝姓姬路。』

傳入耳中的是緊張的聲音。

「姬路同學？是我。」

『啊～～太好了，是咲太老師。』

「只是打個電話也太誇張了，而且好像還掛斷一次。」

『我平常不會打電話到別人家，所以一時緊張……好像不小心按到結束通話了。』

「是這樣嗎？」

咲太沒有智慧型手機，所以對於紗良的心情連一半都不懂。

『咲太老師，請去辦手機啦。』

話筒傳來不滿的聲音。

『打電話到補習班問老師的聯絡方式超辛苦的。』

「這一點很抱歉，早知道應該先說的。啊，不過妳問古賀不就好了？」

『我不敢再問一次。』

紗良斬釘截鐵地如此斷言。她自己或許覺得合情合理，但是咲太對於這個理由感到納悶。咲太覺得再問一次也無妨，就說是上次請朋繪代為傳話之後忘記問咲太了。

『總之真的超辛苦的。』

隔著電話也知道紗良正鼓起臉頰。

「這就抱歉了。所以是要討論上課的日程嗎？」

『那是用來打聽咲太老師聯絡方式的藉口。』

「那麼，正題是什麼？」

咲太直接發問之後，紗良在電話另一頭深呼吸。

『昨天我的態度很失禮，對不起。』

紗良改變氣氛，如此謝罪。

「妳完全沒失禮，不必道歉。何況我反倒很高興。」

『咦？』

「因為妳說『我要咲太老師』。」
『那……那是！請老師忘記吧……』
紗良因為吃驚而大聲回應，接著愈說愈小聲，最後變得幾乎聽不到。
「不過如果只是這種事，下次上課的時候再說就好了。」
這麼一來，應該就不會在打電話的過程發生各種辛苦事。
『我不要那樣，我想早點道歉……』
「放心，我不在意。」
『這樣我心情也挺複雜的，稍微關心我一下啦。』
「我有好好關心妳喔。昨天說的那件事，妳最好還是認真考慮一下。」
『雙葉老師的事嗎？』
可以從隻字片語感覺到她不想提這件事的心情。
「不是雙葉也沒關係，配合妳的學力等級找合適的老師指導，這樣才是為妳好。」
『說到這個讓我想到一件事。』
聽起來是「我有一個提案」的語氣。
「什麼事？」
『我想請咲太老師提升您自身的學力等級。』

還以為是什麼事，她刻意以敬語說出這種話。

「我的學力應該已經沒辦法升級了吧？」

『請好好努力，我會為老師加油。』

聽到她這麼說，咲太當然不會感到不悅，心情傾向於朝這個方向努力看看。但是咲太沒在這時候回應：「好，我試試看。」

因為紗良的選擇可能會影響她的出路。不要貿然發言，讓她多花點時間思考比較好。最好和她深入談談。

「姬路同學，明天放學後有空嗎？」

『怎麼突然這麼問？』

「我覺得當面談比較好。」

『說得也是。啊，可是明天……』

「不方便嗎？」

這是有其他事要忙的反應。

『呃，那個……』

紗良說話莫名含糊，明顯是在挑選說明的詞彙，尋找適當的話語。

「難以啟齒的話就算了。」

『沒關係。因為我原本就想告訴咲太老師了。』
「是嗎？什麼事？」
『其實，關本老師說無論如何都想和我見面談一談……』
不太熟悉的名字使得咲太有點困惑，但是搜尋記憶就想到這個名字是誰。
「這位老師記得是之前的……」
『是的，是在咲太老師之前負責指導我的老師。』
這種狀況的「見面」是什麼意思？至少一般觀感不會太好。之所以會改由咲太負責指導，是因為名為關本的補習班講師對紗良抱持好感。雖然不知道他現在是何種心態，然而無論如何都只是單方面的情感，不應該讓他和紗良見面。
「姬路同學，你們明天幾點要在哪裡見面？」
既然得知了這件事，就不能置之不理。
『我們約好傍晚五點在藤澤站見面。』
「我知道了。那就這麼做吧——」
聽完情況的咲太向紗良提出一個方案。
紗良聽了說明，「咦？」地吃了一驚。

6

隔天星期五，十二月十六日。

在大學上到第三節課的咲太，鈴聲一響就立刻離開教室，直接回到藤澤站。下車來到月臺的時候是四點半多。他是用提供下一班電車資訊的電子告示板的時鐘確認。

跟著走在前方的乘客走上階梯，在驗票閘口感應ＩＣ卡出站。來到北門的立體步道時，東方的天空還勉強維持藍色，但西方天空被染成橙色，隨著時間逐漸塗抹為夜色。

咲太在家電量販店前方廣場的一張長椅上仰望黑夜將近的模樣。天空在短短十分鐘內變暗，站前的路燈同時點亮。

廣場的人們只在這一瞬間從手機抬起頭。在這個時期因為還有燈飾的光輝，站前的樣貌突然變得華美。

豎立在廣場的時鐘指針走到四十五分。

走到四十六分之前，咲太要找的人出現在廣場。深灰色大衣加上黑色休閒褲的男性，以髮膠固定的短髮給人清潔感，年齡大約二十五歲。

這名男性像在找人般環視廣場，即使和咲太視線相對也沒察覺。因為只是稍微打過照面的對象，當然不會認得吧。咲太自己也一樣，在街上和他擦身而過也不會察覺「是他」。

大概是沒找到約見面的對象，男性坐在咲太正對面的長椅上，從大衣口袋取出手機確認，也操作了手機，大概是傳「我到了」的訊息給約見面的對象。

但是他在等的人不會來這裡。

咲太代替那個人來了。

咲太從長椅上起身，筆直走向男性。短短十公尺左右的距離。咲太在他面前停下腳步後，正在看手機的男性疑惑地抬起頭。

「你是關本老師對吧？」

咲太如此搭話。

「咦，噢，你是……」

男性看著咲太，露出察覺某件事的表情。

「我是在補習班打工擔任講師的咲太。」

「噢，嗯。」

關本發出理解般的聲音，視線依然因為疑問而晃動。他不知道咲太為何會前來搭話。

「不好意思，今天姬路同學不會來，我是代理人。」

「咦……？」

大概是終於理解狀況，他的眼神出現慌張之意。

咲太感覺位於廣場的數人對他們投以無形的視線，或許是發現咲太與關本的氣氛非比尋常。

雖然沒人筆直看過來，但明顯有人在看，有人在聽。就是這種感覺。

「我對你沒什麼好說的。」

關本迅速起身，聲音透露著確實的慌張以及難以克制的不耐。他就這麼準備離開。

「請等一下。」

「……」

關本身體擅自反應似的停下腳步。不由自主聆聽對方說話的這一面，令咲太感覺到他良好的教養。儘管在人們的眼中看來是企圖對學生出手的補習班講師，但他的本性應該很正經，正因如此才會被紗良虜獲，玩著危險遊戲的紗良令他著迷。

咲太朝著停下腳步的關本背後搭話。

「今後請你不要再聯絡姬路同學。」

關本慢慢轉過身來。

「今後請你不要再和姬路同學見面。」

關本大步走回咲太面前。

「今後……！」
在咲太說出下一句話之前……
「今後怎麼樣！」
關本一把揪住他的衣領。
來往行人的視線刺了過來，但是所有人都直接從旁邊經過。
關本重複了兩三次瞬間變得急促的呼吸，胸口大幅起伏。
等他心情稍微平復之後，咲太再度開口。
「今後即使姬路同學跟你聯絡，也請你不要回應。」
咲太看著關本的眼睛，直接說出應該告知的話語。
「……」
關本的眼神動搖而不安定。他應該知道咲太這些話的意思。
「我認為這麼做是為姬路同學好，所以如果為她著想……請你這麼做。」
咲太仍然被揪著衣領，向關本低下頭。
關本的手自然而然逐漸放鬆，最後像是無處可去般完全放開。
「這件事，補習班知道嗎……？」
低著頭的咲太後腦杓傳來這個聲音。

抬頭一看，關本臉上明顯掛著困惑的表情。他想隱藏這副表情卻找不到隱藏的地方而再度感到困惑。到處都找不到能擺脫這份困惑的路，只有咲太知道這條祕密小徑。

「我暫且只會向院長回報這個結果。」

「結果……？」

「我會回報沒發生任何事，應該沒問題了。」

「……你願意這麼做的話，我會很感謝。」

這應該是關本在這個狀況下能說出口的最大的感謝。

「我可以說句話嗎？」

「好的。」

「那個……」

關本開口想說些什麼。

「不，還是算了。」

但他只說了這一句話。咲太認為他八成是想問紗良的事。紗良說了我什麼嗎？最近過得怎麼樣？課業順利嗎？或許這些都想問。不過關本說「還是算了」之後就真的什麼都沒問。

「那麼，我可以說句話嗎？」

「……」

關本沒說「可以」，也沒有拒絕。他說不出這種話。

「等到姬路同學高中畢業就可以吧？前提是關本老師到那時候還有這個意思。」

「我會考慮。」

無力吐出的話聽起來只像是死心，只有表面上在逞強。不過有時候這種表面才重要，有時候這種面子才是必須的。至少對這一瞬間的關本來說很重要。

「那我告辭了。姬路同學請你多多關照。」

「好的。」

「你也要小心啊。」

關本在最後擠出笑容，留下像挖苦也像玩笑的這句話，走進車站消失了身影。在站前擁擠的人潮中再也看不見他的背影。

背上感覺到的周圍的視線也在關本離開後完全消失。只剩下一人的視線……

咲太轉身尋找那依然注視著他的視線，很快就找到了。

站在花圃旁邊的纖瘦人影。

擔心地看著咲太的人是紗良。

她和咲太四目相對後身體一顫，露出「糟了」的表情。

咲太慢慢走到紗良面前。

「之前說好在補習班等我吧？」

「……釦子掉了。」

紗良看著咲太的衣領。看來是剛才被揪住時彈飛而不知去向。

「我有備用的釦子。」

縫在衣服內側的標籤上。

「我一直納悶這東西幾時會用到，原來是用在這種時候。」

咲太掀起襯衫衣襬給紗良看釦子，但她表情依然消沉。如果是平常的紗良，應該會笑著說「那我來縫吧」。即使等了一段時間，紗良仍然不發一語。

「既然雜事辦完了，繼續討論昨天的話題吧。」

「……好的。」

這句回應以紗良的個性來說也溫順許多。

咲太與紗良相對而坐的餐桌上擺著冰淇淋汽水、漂浮咖啡以及披薩土司。

從車站徒步兩三分鐘，兩人進入小巷中的一間復古咖啡廳。

桌椅與價目表都是昭和時代的氛圍。對沒經歷過昭和時代的咲太來說，不知為何也隱約感到懷念。腦中不知何時被植入了「昭和＝懷舊」的定律。

冰淇淋汽水的冰塊融化，冰淇淋稍微下沉傾斜。

「不用拍照嗎？」

咲太看著逐漸融化的冰淇淋，詢問坐在正對面的紗良。是紗良說想來這間店。這間咖啡廳她一直想來光顧一次，但因為店面是高中生難以進入的成熟風格，即使和朋友一起也不敢進來。

明明好不容易實現願望，紗良卻連照片都不拍，只坐在位子上。

「這個，我可以喝了嗎？」

咲太朝漂浮咖啡伸出手。

「啊，請等一下，我要拍！」

紗良連忙舉起手機，拍攝冰淇淋汽水與漂浮咖啡，將披薩土司納入鏡頭。話雖如此，比起上次拍甜甜圈時的心情消沉許多，看起來只像是當成例行公事拍照，沒什麼樂在其中的樣子。

紗良的注意力顯然有一半朝向照片以外的地方。

「那個，咲太老師……」

紗良收起手機後，這次由她主動搭話。

「嗯？」

「我還是想要咲太老師教我。」

紗良筆直注視著咲太。看來她剛才默默思考的就是這件事。

「這樣啊。」

咲太含糊回應之後，紗良的視線立刻逃向冰淇淋汽水。拿起玻璃杯含住吸管喝了一口。

「不行嗎？」

然後她揚起視線詢問。

這次是咲太讓視線逃向漂浮咖啡。

「姬路同學，妳有想讀的大學嗎？」

「現在沒有特別想讀的。」

紗良轉動吸管，冰淇淋整顆沉入液體當中。

「說得也是，畢竟妳才一年級。」

咲太也將吸管插向漂浮咖啡的冰塊攪拌。

「咲太老師為什麼會報考現在這間大學？」

「為了和女友共度快樂的校園生活。」

咲太大刺刺的真心話使得紗良噗哧一笑。這是她今天第一次露出笑容，然而還不到萬里無雲的程度，笑容的天空依然殘留厚重的雲。

「老師真的很喜歡女友耶。」

「超喜歡的。」

咲太看著紗良的雙眼如此說完，紗良露出嚇一跳似的表情別過頭，臉頰有點紅。

「我不是在對妳說。」

「我……我知道。我是因為太突然才嚇到。何況，這種心術不正的報考動機，不要光明正大地跟補習班的學生說啦。」

紗良以慌張的模樣責備咲太。

「可是對學生說謊也不好吧？」

「我知道了。我換個問題。」

她知道了什麼？咲太一頭霧水。

「咲太老師認為自己上大學是為了什麼？」

「是為了……」

「不可以說是為了和女友卿卿我我喔。」

咲太想回答的這個理由被紗良搶先一步。

看來這時候只能認真回答了。雖說只是補習班，不過現在是面對學生，也無可奈何。

「這個嘛，我並不是在報考時就這麼想……不過我現在念大學是想考教師執照。」

「咦？咲太老師真的會成為『老師』嗎？」

紗良的聲音因為吃驚而變高亢。難得看見她睜大雙眼的表情。

「總之先拿到資格就好，畢竟還不知道適不適合。這件事我沒向任何人說過，所以要幫我保密喔。」

「也沒向女友說過嗎？」

「沒有。」

「雙葉老師也沒有？」

「當然沒有。」

這是真的。雖然說了也無妨，不過剛好一直沒機會說這個話題，突然宣布也很奇怪，所以咲太認為看情形再說就好。

「所以，這是我和『咲太老師』的祕密耶。」

紗良愉快一笑，看來稍微回復平常的步調了。

「不過既然要成為老師，咲太老師的學力還是需要升級。」

「但我覺得為了學生的將來提出適當的建言，也是身為教師的必備條件。」

「老師這麼不想負責指導我嗎？」

紗良攪拌著玻璃杯裡的冰淇淋，揚起視線看過來。

「當然不會不想。」

咲太拿起披薩土司咬下。

「既然這樣……」

「但我希望妳也試著去上其他老師的課，這是為妳好。」

「……」

「如果找到比我更好的老師就換人，找不到的話，我會負責帶妳升級。這樣就好吧？」

「……就算我選了別的老師，咲太老師也不在乎嗎？」

紗良依然繼續攪拌冰淇淋汽水，冰淇淋與汽水已經沒有界線。紗良目不轉睛地看著玻璃杯。

「如果妳的成績能比現在更好，我身為妳的前任指導講師也會很高興。」

「就算不是你親自教我？」

「以我個人的立場來說沒差。」

「原來我的事一點都不重要啊。」

「因為對我來說，最重要的是以補習班兼職講師的身分成為妳的助力。」

「咲太老師是真的這麼認為嗎？」

「是。」

咲太毫不猶豫地如此回應。

「……」

紗良盯著咲太。

咲太不以為意，咬下第二塊披薩土司。剛才說的是真心話，所以不必搪塞，也不必以更多的話語粉飾。

即使現在還沒有必須用功的明確目標，紗良總有一天也會找到某個目標吧。咲太不希望這時候的選擇害她到時候後悔。難得這麼會念書，念得再好一點也不會有損失，這麼做能讓今後擁有更多選項。咲太是否有參與這段過程，事到如今一點都不重要。只要能讓紗良的人生更加豐富，咲太願意為此做出相應的選擇，如此而已。

「……我現在深刻體會到，咲太老師是認真為我著想。」

不久，紗良輕聲這麼說，喝起剩下的冰淇淋汽水。杯子見底之後……

「所以我決定照咲太老師的話去做。」

她露出還沒完全接受的表情說下去。感覺她雖然理解咲太說的沒錯，情感方面卻跟不上。從隻字片語與她不高興的嘴唇傳達出她對事情沒能稱心如意的不滿情緒。

「這樣就好。」

咲太點頭看向紗良，她隨即轉頭看向窗外避免與咲太四目相對。

「不過如果沒有好老師，今後還是會拜託咲太老師指導喔。」

「到時候妳就得協助我提升學力了。」

「就算這樣我也不介意。」

紗良笑著這麼說。即使如此，她的表情還是沒有完全揮別陰霾，畢竟某些事情需要一些時間才能接受。

不過，紗良注視窗外的側臉看起來像是下定了某種決心，感覺已經在思考今後的事。這應該不是咲太多心了。

咲太結帳走出店門後，紗良說著「感謝招待」低頭致意。

咲太和紗良並肩走向車站，要送她到公車站。

彼此就這樣不發一語，持續走了一段時間。

「對了，咲太老師。」

紗良在等紅燈的時候再度開口，語氣莫名開朗。

「嗯？」

感到不解的咲太催促般回以疑問。

「你差不多知道作業的答案了嗎？」

「作業？」

綠燈亮起，兩人走過行人穿越道。

「不要明知還裝傻。我是說我的思春期症候群。」

「噢，那個嗎？我完全不知道。」

「因為咲太老師完全沒要解題。」

紗良以得意的表情說得像是看透了某些事。

「……？」

透露核心的這句話加深了咲太的疑問。

「因為咲太老師想從答案反推，治好我的思春期症候群。」

「……」

紗良彷彿再三確認的語氣讓咲太的心臟頓時產生反應。驚訝在瞬間掠過，無盡的疑問以及近似恐懼的寒意支配全身。即使紗良再聰明，咲太也實在不認為她連這種事都能察覺。

還沒抵達公車站，咲太就在圓環中途停下腳步。在立體步道的遮雨棚下方。

「為了咲太老師著想，我認為最好不要治好我的思春期症候群喔。」

紗良也在多走幾步的前方停下腳步。

「這是什麼意思？」

偏橙色的燈光照亮兩人。

紗良只在嘴角露出笑容，轉過身來。

「我調查之後得知這叫作『千里眼』。」
她手上握著手機。
「『千里眼』？」
咲太復誦陌生的詞彙反問。
「無論離得多遠，我也看得見對方在哪裡做什麼，知道對方在想什麼。」
「……」
「所以我也知道很多咲太老師的祕密。」
「不過我的祕密頂多只有今天說的教師執照那件事，還有提款卡密碼。」
「以及正在找霧島透子嗎？」
「……」
「嚇到了？」
「老實說，我大吃一驚。」
「順帶一提，我也知道密碼。是女友的生日對吧？」
「難道說，我今天穿的內褲顏色也被妳發現了？」
「這是性騷擾喔。」
紗良相當認真地露出生氣的表情。

「請放心，我不會偷看你洗澡之類的。」

咲太個人不介意她偷看，不過說出來可能又會被罵性騷擾，所以決定不說。

「這個想法也是性騷擾。」

紗良露出有點害羞的表情生氣。

思想自由意外地難以實現。

「回到原來的話題……姬路同學，妳知道霧島透子現在在哪裡做什麼嗎？」

「這我不知道。」

咲太得到不同於預料的答覆。紗良剛剛才說她看得見行動又知道想法，這到底是怎麼回事？

「並不是對任何人都有效。我看得見的只限於曾經見過……像這樣稍微用力撞過的人。」

她握著手機的手敲向另一隻手的手心。

「原來如此，是量子纏結啊。」

「那是什麼？」

紗良歪過腦袋。咲太從她的反應察覺了一件事。紗良知道咲太在想什麼，但她並沒有窺視記憶。

紗良的眼神肯定咲太這個想法。

「『量子纏結』是在微觀世界發生的一種神奇現象。進一步的細節我也不清楚。」

在這個節骨眼，細部理論並不重要。
現在更需要思考另一件事。
紗良的思春期症候群的使用方式。
只要好好利用，或許可以知道霧島透子在想什麼。
這可說是咲太心中求之不得的狀況。
「我可以成為咲太老師的助力喔。」
「順便問一下，姬路同學，妳看得見霧島透子嗎？」
必須先確認這一點才能開始。
「看得見。穿迷你裙的聖誕女郎。」
最初且最大的問題輕易解決了。
「所以請讓我和霧島透子見面。」
「她不是想見就見得到面的對象。」
真的是很適合形容為「神出鬼沒」的人物。
「可是咲太老師，你承諾過要幫她開直播吧？」
確實如此。看來紗良也有「看見」那時候的互動。
「前提是那樣算是承諾。」

問題在於日期。

透子要求咲太去幫忙的日期是十二月二十四日。

偏偏是平安夜。

「這樣就知道原因了，我在平安夜和咲太老師在一起的原因。」

紗良像是解開困難的考題般開心。

反觀咲太只能板起臉。

難道無法迴避這個命運嗎？咲太試著認真思考，卻看不見希望之光。如果犧牲和麻衣過夜的約會可以知道霧島透子的某些事，現在只能優先這麼做。

既然另一個可能性的世界透過赤城郁實傳來那種訊息……在知道訊息的意義之前，咲太只能一直查下去。

「姬路同學，妳二十四日有空嗎？」

「如果咲太老師堅持，要我和你約會也沒問題喔。」

「天氣很冷，來的時候要穿暖一點喔。」

咲太只能盡量逞強地這麼回應。

7

「事情變得好奇怪。」

泡進浴缸喘口氣後，咲太下意識地自言自語。

不經意注視自己映在水面的疲憊臉孔。

事情真的變得很奇怪。

雖然奇怪，但是得知了兩件事。

第一件事是關於咲太作的平安夜之夢。當天為什麼會和紗良在一起？這個問題得到了解答。

另一件事是關於紗良思春期症候群的真相。

先前覺得紗良周圍好像沒有特別發生什麼不可思議的現象，然而聽她說明現正發生的狀況就明白了。

「千里眼啊……」

紗良說成為對象的人無論離得多遠，她都知道對方在哪裡做什麼，在想什麼。換句話說，是只發生在紗良內部的現象，咲太要察覺這種事極為困難。

不過，千里眼是什麼樣的感覺？

如果相信紗良說的，那她看得見咲太現在洗澡的樣子。同樣地，如果相信紗良說的，她說過不會偷看別人洗澡之類，所以現在沒在偷看。現在咲太做什麼或想什麼都不會被紗良知道。這個理論是成立的。

「如果原因真的是量子纏結……」

咲太腦中浮現一個假設。

關於量子纏結，理央很久以前說明過。兩個粒子以某種程度以上的力道相撞之後，不知為何會進行相同的動作。一旦建立起這種關係，兩個粒子無論距離再遠都會維持相同的動作，真的是非常不可思議。

這種現象當然是發生在人類肉眼看不見的微觀世界。

理央說將這個概念置換到巨觀世界很荒唐。

不過，如果刻意荒唐地這麼置換，那麼即使距離再遠，咲太的狀態都會傳達給紗良，所以紗良看得見咲太在看什麼，知道咲太在想什麼。

然而若是如此，反過來會成立嗎？

咲太該不會也能共享紗良的狀態吧？

說不定其實已經是這樣了？

只不過是咲太現在沒察覺這一點。

只不過是和紗良纏結的人都沒察覺這一點。

或者是不相信這一點。

因為事實是經由認知才會成形。

「雖然覺得不可能……」

咲太試著閉上雙眼。

當然什麼都看不見。

只聽到浴室通風扇的聲音。

除此之外看不見任何東西，聽不到任何聲音。

這是天經地義、理所當然的結果。事情不會這麼順心如意，咲太的假設不可能正確。如果是理央說的還有可能……

如此心想的剎那，咲太感覺耳朵深處響起音樂。

「……」

不是自己多心，確實有聽到，很像是用耳機聽的感覺。應該說在咲太這麼想之後，聽起來只像是耳機發出的聲音了。

播放的是咲太聽過的歌曲。

霧島透子的歌曲。

睜開眼睛一看，咲太的意識不在浴缸裡。

陌生房間的床上。拿枕頭當靠墊趴在上面滑手機。

正在看的是冬季的外出穿搭。

其中有著開心雀躍的心情。

有著期待某種事物而滿足的幸福感。

也有明確的思考。

——這個好可愛。

——咲太老師會喜歡這種嗎？

——咦～～好難喔，怎麼辦？

——有更好的嗎～～

指尖在手機畫面上遊走。

——還得決定去哪裡才行。

——既然最後要去老師的大學……

——果然還是途中的鎌倉吧？

——這樣的話……

此時，就像要打斷源源不絕的思考，房外傳來一個聲音。

「紗良，妳不洗澡嗎？爸爸可以先洗嗎？」

「啊，等一下，我要洗。」

停止音樂，取下無線耳機。

從床上起身後看見的光景，一看就知道是女生的房間。例如窗簾的花樣、桌上整理好的小東西，還有小小的仙人掌……

打開衣櫃的手拿起洗完澡要穿的睡衣與內衣，一旁的鏡子映出紗良的身影。

明明是自己照鏡子的感覺，鏡子裡卻映出紗良。

咲太回過神來睜開雙眼。

「……」

這裡是熟悉的自家浴室。

水面依然映著咲太疲憊的臉。

「是這麼回事嗎……」

紗良說的「看見」並不是看見對方本人，而是看見這個人在看的東西，對方在想的事情也會傳入自己腦海。

是一種頗為神奇的感覺。

想再稍微實驗一下。

但紗良說要洗澡，還是不要現在立刻嘗試比較好吧。而且咲太這邊也看得見的這個事實最好瞞著紗良，因為這應該是她不想被看見的場面。

腦海自然浮現紗良剛才的樣子。

紗良看起來相當快樂。

期待著二十四日的約定。

這是咲太心目中期望的模樣。

然而真的按照期望進行之後，內心也因相應的罪惡感而不安，感覺不是很舒服。包括利用紗良的思春期症候群這一點……咲太心存愧疚。

「傷腦筋……」

就算這麼說，事到如今也不能收手。

咲太也不打算收手。

「哥哥，麻衣小姐打電話來。」

浴室外面傳來花楓的聲音。

「幫我說我馬上回電。」

咲太一邊說一邊走出浴缸。由於泡澡時間比平常久，咲太自覺泡得有點暈。但現在不是悠哉頭昏的時候，依然必須以昏昏沉沉的腦袋思考一些事。

關於二十四日的事，到底該怎麼向麻衣說明？

「過夜的約會，如果麻衣小姐答應延期就太好了。」

咲太走出浴室，懷著祈禱般的心情回電給麻衣。

第四章 December 24th

1

十二月二十四日。

平安夜這天早晨，咲太被那須野踩臉而清醒的時間是比平常晚的八點多。

如果大學從第一節就有課，這個時間肯定會遲到。但咲太今年的課已經在前天全部上完，下次上課是過完年的事。

所以咲太可以包裹在溫暖的冬季被窩盡情賴床。即使敗給回籠覺的誘惑也無妨，也沒有打工的行程。儘管如此，咲太還是從床上起身，因為他有一個重要的約定。

「……和之前夢見的十二月二十四日早晨完全一樣。」

咲太確認時鐘顯示八點十一分之後走出房間。

和之前夢見的一樣，首先給那須野乾飼料吃。

然後一邊以烤麵包機烤土司，一邊打開爐火煎荷包蛋與熱狗。完成之後和那須野一起吃完早餐。

收拾餐具，啟動洗衣機後再度回到客廳。在這個時間點，花楓睡眼惺忪地走出房間。這也和之前夢見的一樣。

「哥哥，早安……」

「要吃早飯嗎？」

「要。」

花楓打著呵欠坐在餐桌旁。咲太把荷包蛋、熱狗、倒了熱可可的熊貓馬克杯以及土司擺在她面前。

「咦？我有說要喝熱可可嗎？」

「我有聽到喔。」

不過是在夢中。

「有嗎？」

花楓一臉納悶，把土司撕成小塊再蘸熱可可送入口中，臉上立刻露出津津有味的表情。

「花楓，妳中午會和鹿野一起吃吧？」

「我連這個行程都告訴過哥哥嗎？」

「我聽妳說過喔。」

不過這同樣是在夢中。實際上，咲太只問到花楓要和好友鹿野琴美一起去看「甜蜜子彈」的聖誕演唱會，晚上不會回藤澤，而是回到父母居住的橫濱市內老家過聖誕節，沒問她午餐要怎麼

解決。

「妳十點多要出門吧？」

「嗯。哥哥呢？」

「我要到中午過後吧。」

聊這個話題的時候，洗衣機發出嗶嗶聲呼叫咲太。

「幫我和爸媽說，我過年的時候會回去看他們。」

咲太走向盥洗室的時候向花楓這麼說。

「知道了。」

背後傳來花楓嚼著土司的模糊回應。

晾好衣物，打掃房間，目送花楓外出之後，咲太開始進行自己的準備。

和剛才跟花楓說的一樣，在中午過後出門。

「那須野，麻煩你看家喔。」

正在洗臉的那須野發出「喵～～」的叫聲送咲太外出。

咲太前往距離公寓徒步十分鐘左右的藤澤站。可以轉乘ＪＲ、小田急、江之電的神奈川縣藤澤市中心。

對咲太來說是熟悉的站前景色。

而且說到今天的光景，他在夢中看過一次。

平安夜氣氛的人潮簡直全都似曾相識。

提著小小禮物袋的男性。

打扮略顯成熟的女性。

在家電量販店前方廣場等待會合的人們。

每個人都隱約緊張得靜不下心。

咲太也決定在這樣的人群中等待紗良。

一人，又一人。隨著等待的對象現身，廣場上的人愈來愈少。

看向時鐘，指針走到十二點二十九分。

如果和夢境一樣，差不多是紗良要現身的時間了。

咲太如此心想的下一剎那，背後傳來聲音。

「久等了。」

可惜這個聲音和咲太想像的不一樣。

不過這是熟悉的清澈聲音。

咲太懷著疑問轉身。

不知為何，位於該處的是麻衣。

頭戴帽子，頭髮綁成兩條辮子垂在前方。戴著喬裝用的平光眼鏡，羽絨外套裡面穿著毛衣，下半身是像丹寧布料的褲裝風格，腳上穿著方便行走的運動鞋，整體來說打扮得很休閒。

「為什麼麻衣小姐會在這裡？」

咲太投以理所當然的疑問。

「因為我也要一起去。」

麻衣也露出理所當然般的表情，一語驚人地如此回答。

「咦？」

「我說我也要一起去。」

「我就是因為聽得很清楚才會『咦？』了一聲。」

「我也要一起去。」

不容分說的堅持，話題進展不下去。不對，是無從進展。「一起去」已經是麻衣心目中的既定事項。她就是這種態度。沒徵詢咲太同意，也沒和他商量，「一起去」這句話只是在報告結果。難怪話題不會進展下去，因為已經結束。

「麻衣小姐，我上次在電話裡說明事由之後，妳有說『我知道了』對吧？」

「所以我不就像這樣做好準備了嗎？」

雙手插進羽絨外套口袋的麻衣像服裝模特兒那樣簡單擺個姿勢，彷彿要咲太評分。

「嗯。我的麻衣小姐今天也是可愛透頂。」

「說得很沒誠意耶。」

麻衣伸手捏著咲太的臉頰一拉。

這份心情是真的，咲太真的覺得她很可愛。然而困惑的心情比較強烈，沒能好好表現其他情緒。

紗良等一下來了之後，要怎麼說明這個狀況？

咲太完全不知道答案。

「那個……咲太老師？」

就在想不到答案的狀況下，旁邊傳來這個聲音。

頭轉九十度一看，是原本約好在這裡會合的紗良。她佇立在距離約三公尺的位置，依照吩咐穿得很保暖，只是來回看著被捏臉的咲太與捏臉的麻衣。她的模樣已經不只是為難，而是完全不知所措。

「我的車子停在那裡。」

麻衣手指放開咲太的臉頰，逕自走向車站南門的方向。

「這是怎麼回事……？」

紗良慌張的心情直接化為言語。

「抱歉。我也是現在才知道。」

咲太勉強擠出這句完全不算說明的解釋。已經沒有其他該說的話了。咲太沒隱瞞任何事，也沒有說謊。「看得見」的紗良應該知道咲太是真的不知所措。

「咲太，快一點。」

大約十公尺前方的麻衣在催促。

「不好意思，可以和我一起來嗎？」

「好……好的。」

紗良的這句回應顯然是因為被狀況牽著走。

2

開車的人是麻衣。

「……」

咲太坐在副駕駛座。

「……」

後座坐著挺直背脊的紗良。

「……」

從藤澤站南門出發的車子沿著467號國道南下開往江之島方向。如果就這麼沿著道路前進，是會開到沿海道路的路線。

和輕快的奔馳相反，車上一直沉默不語。

只有舒適的行駛聲。

「咲太。」

「嗯？」

在這樣的狀況中，首先開口的是麻衣。

咲太側眼所見的麻衣看著行駛在前方的車輛。

「她看起來很不知所措，可以快點幫忙介紹嗎？」

咲太瞥向車內的照後鏡確認後座。位於該處的是宛如怕生的貓咪乖乖坐著的紗良。她上車至今一直沒讓背部接觸到椅背。

「那個，麻衣小姐……」

「什麼事？」

「我也很不知所措耶。」

「你為什麼會不知所措？又不是外遇現場被抓包。」

「不過心情上就是這種感覺啊。」

「既然這樣，你更應該快點介紹。」

為了打破僵局，看來確實只能這麼做。

「姬路同學。」

咲太看著後座向紗良搭話。

「啊，是。」

這聲回應聽起來很緊張。不，她肯定真的很緊張。

「我想妳應該知道，這位是我的女友櫻島麻衣小姐。」

「我當然知道。您去年的晨間連續劇，還有上次的電影我都看過。在展演空間唱歌的那一幕，我起了雞皮疙瘩。」

連說話都變得拘謹。紗良的發言像是在發表讀書心得那樣生硬。

「謝謝。」

對於這樣的紗良，麻衣溫柔地微笑。

「然後，她是我在補習班負責指導的姬路紗良同學。」

這次是向麻衣介紹紗良。

「她就讀峰原高中，所以是我們的學妹。」

車子停下來等紅燈。

麻衣轉身和紗良四目相對。

「幸會，妳好。」

她以這句話打招呼。

「我……我才應該說幸會，您好。」

不停眨眼的紗良眼神透露出「是本人耶」的感想。真的是那位「櫻島麻衣」。櫻島麻衣在我眼前，她在動，在說話。從紗良的表情可以輕易解讀這種驚訝與困惑的情緒。

「我可以稱呼妳『紗良小姐』嗎？」

「啊，好的，沒問題。」

「妳也叫我名字就好，因為姓氏很長。」

「好的。」

「姬路同學，妳要小心喔。麻衣小姐以前也是這麼對我說的，可是我直接叫她『麻衣』之後，她就對我發飆了。」

「我並沒有發飆。」

「但妳那時候有生氣吧？」

「沒有。當時只是在管教沒禮貌的囂張學弟。」

「看吧，會變成這樣。」

即使咲太轉身搭話，紗良也沒有回應。半開的嘴勉強掛著笑容，完全是在乾笑。大概是不敢當著麻衣的面肯定咲太這段話吧。也或許只是對於咲太與麻衣之間直率的互動感到驚訝不已。咲太覺得後者的可能性應該比較高。

儘管紗良依然感到困惑……

「咲太他在補習班有好好當老師嗎？」

麻衣不以為意，自然而然地向她搭話。

「我覺得意外地受到學生愛戴喔。」

「咲太，我沒問你。」

「咦～～」

麻衣無視表達不滿的咲太。「怎麼樣？」她透過車內照後鏡再度詢問紗良。

「那個，我覺得意外地受到學生愛戴。」

「真的嗎？」

麻衣這句確認隱約帶著難以置信的音調。不過要是咲太現在插嘴，應該會被罵「咲太你別說話」。讓學生看見這副模樣也不太好，所以咲太決定乖乖閉嘴。

「真的。除了我以外，班上還有山田與吉和兩名同學，他們都會找老師諮商。」

「課業方面嗎？」

如此追問的當然是麻衣。

「主要是戀愛諮商……山田同學會問老師怎麼交到女友。」

紗良說到一半就笑了。看來緊張的心情稍微放鬆了些。

「咲太，你是在補習班教什麼啊？」

「我個人是想教數學啦。」

但是不知為何，學生問他的盡是男女情感之類的問題。

「不過，這種話題之所以比較多，應該是麻衣小姐造成的。」

若是知道咲太正在和櫻島麻衣交往，任何人都只會對這方面感興趣，數學什麼的一點都不重要。這也在所難免。

「不准怪到別人身上。」

又被紅燈擋下。此時，停下車的麻衣朝旁邊伸出手，毫不客氣地捏住咲太的臉頰。

「好痛好痛！啊，麻衣小姐妳看，綠燈了。」

咲太指向前方強調綠燈。

麻衣放開手，跟著前方的車輛踩下油門。

「兩位總是這種感覺嗎？」

「這種？」

麻衣問道。

「哪種？」

咲太隨即也跟著問。

「像這樣默契十足的感覺。」

紗良帶著傷腦筋的表情說明。

「平常我們的感情更好喔。」

「不准在學生面前亂說話。」

即使字面上是在警告，麻衣卻面帶笑容，沒有刻意否定兩人的好感情。

紗良愈來愈不知所措般不再說話。沒有巧妙介入兩人之間的手段。感覺得到這樣的不耐。

和這樣的紗良呈對比，車子繼續順利奔馳，從左手邊的湘南單軌電車站前方經過。是湘南江之島站。右手邊看得見江之電江之島站前方的平交道，開往藤澤的電車剛好穿越平交道。

在奔馳的車上，這樣的景色也很快就看不見了。

車子繼續沿路奔馳，終於遇到交叉路口。在這裡交會的不只是車道與人行道，也包含江之島的鐵軌，是人、車與電車都會經過的道路，兩側林立著商店與民宅。直到下一站腰越站是江之電唯一的路面軌道，也是昔日路面電車時代的遺痕。電車優先的這條路，在長年居住於這座城市的人們協力下保存至今，打造出溫暖的景色。

即使是充滿情懷的這幅平穩街景，開車的話也是一下子就會通過。

在腰越站前方和進站的鐵軌告別。

電車行駛在鐵軌上，車子行駛在馬路上。

眼前是筆直延伸的道路。

兩側的「魩仔魚」或「生魩仔魚」的招牌與旗幟很顯眼。看不見店家之後，車子來到沿海的道路。

一直沿著海岸線延伸的１３４號國道。

車子開往鎌倉與逗子的方向。

從駕駛座這一側看得見反射陽光閃閃發亮的冬季海面，斜後方也看得見江之島。

分心看著這幅風景沒多久，咲太坐的副駕駛座這一側出現綠色加奶油色的低運量電車。從民宅包夾的狹窄軌道鑽出來的列車加速和車子並行。

左側是江之電，右側是海。在中央並肩奔馳是汽車專屬的特權。

明明是看過的景色，看起來卻像沒看過的景色。

就這樣和綠色加奶油色的列車一起開到名為「鎌倉高校前」的車站。留下進站停靠的電車，車子繼續前進。

行駛一段路後又被紅燈擋下。

車子停在峰原高中前方的紅綠燈。

咲太與麻衣的視線自然朝向沿海矗立的母校校舍。

「像這樣在車上看，與其說懷念，總覺得很新鮮。」

「是啊。」

明明是曾經去到膩的場所，卻莫名有種陌生的印象。

「啊，那瓶茶拿給紗良小姐吧。」

麻衣像是現在才想到，指向插在飲料架上的寶特瓶裝茶。有兩瓶，咲太抽出其中一瓶。

還有點溫溫的。

「來，給妳。」

咲太遞出寶特瓶，紗良說聲「謝謝」伸出手接下。

「麻衣小姐呢？」

茶還有一瓶。只剩一瓶。

「你的給我喝一口。」

咲太打開剩下這瓶的瓶蓋後拿給麻衣。正在注意紅綠燈的麻衣喝了一口，道謝後將寶特瓶還給咲太。

咲太蓋上瓶蓋，放回飲料架。

這段期間，咲太感覺到後座紗良的視線。自從上車之後一直都是這樣。她在尋找、觀察搭話的機會，卻遲遲找不到而不知所措，平常親人與愛說話的一面也完全收斂起來。

綠燈亮起，車子再度奔馳在沿海道路上。

朝學校的方向看去，看得見走向校舍的數名學生。

「聖誕期間也有社團活動啊。」

「說到社團活動我才想到……咲太老師這週有跟吉和同學見面嗎？」

終於找到話題的紗良探出上半身搭話。

「昨天有見面，因為要補之前的課。沙灘排球大賽，她的隊伍在準決賽輸了。」

即使如此，還是在季軍賽獲勝拿下全國季軍，真是了不起。

「她曬得好黑耶。」

「她說氣溫太高，很多隊伍是穿泳裝球衣比賽。」

當時咲太還沒問，樹里就像要辯解般這麼說明。曬紅的臉蛋基於另一種意義變紅，拚命努力說明……

「在聊什麼？」

大概是覺得兩人話中有話，麻衣露出疑惑的表情。

「我們聊到的這位吉和同學單戀一個男生，不過那個男生喜歡我……所以為了吸引那個男生注意，咲太老師給了吉和同學一個建議。」

紗良的語氣聽起來明顯是想看好戲。在麻衣面前揭發咲太的祕密令她相當享受，期待能因此引發一些風波。

然而面對這樣的紗良，麻衣若無其事地說了。

「反正以咲太的個性，應該是建議她露出泳裝的曬痕給那個男生看吧？」

「好厲害，答對了……」

麻衣居然說中了，紗良對此大吃一驚。她大概沒想到麻衣可以猜得這麼準確。正常來想，這種答案連邊都擦不上。

「不愧是麻衣小姐，真懂我。」

「畢竟你很可能會這麼說。不過這種話要挑對象說喔。」

「……兩位真的是情侶耶。」

紗良放棄般終於讓身體向後靠在椅背上，下意識地嘆了口氣。

「這是怎樣？以為我們在騙妳？」

麻衣握著方向盤，覺得有趣似的露出微笑。
「不，那個……我的意思是兩位感情很好，咲太老師也露出了我在補習班沒看過的表情。」
「是嗎？」
「一直是神魂顛倒的模樣。」
咲太看向車內照後鏡，紗良像在鬧彆扭，表情比以往還要孩子氣，或許可以說是和年齡相符的表情。
在鏡子裡和紗良四目相對後，她露骨地移開視線。
「因為咲太很喜歡我啊。」
麻衣愉快地開車，不知道她是否知道紗良正在不高興。不對，麻衣一定知道。明明知道卻在笑，明明知道還故意挑紗良會在意的話語。
在這個狀況下，咲太該怎麼做才是正確答案？
如果有模範解答，咲太務必想請教。
在女友的陪伴之下，和補習班學生約會的方法……
車子沿著由比濱行駛一段時間，在滑川前方的路口左轉。
從路線指示牌來看，這個方向通往鎌倉。

3

麻衣將車子停在鎌倉站附近的停車場。

「往這裡。」

然後毫不猶豫地像是走回頭路般踏出腳步。

「麻衣小姐，要去哪裡？」

「跟我來就知道。」

至少目前一無所知，完全摸不著頭緒。只知道麻衣不是往鎌倉風格的鎌倉方向走。許多迷人商店林立，廣受遊客歡迎的小町通，以及代表鎌倉的鶴岡八幡宮都愈離愈遠。

「平常不太會來到這邊對吧？」

對於這幅陌生的景色，走在咲太旁邊的紗良也這麼說。

「到了。」

走了約三分鐘，麻衣便這麼說。

她在外觀簡樸卻溫馨又時尚的店鋪前方停下腳步。以歷史悠久的鎌倉來說，明顯是新開的。

「麻衣小姐，這裡是？」

寫在招牌上的英文唸起來是「蒙布朗」。

「想說買個伴手禮給霧島透子。即使要讓紗良小姐讀她的心，也要用力撞一次才行吧？」

「原來如此，趁她分心注意蒙布朗的時候撞下去。」

「撞的力道大概要多大？」

麻衣看向躲在咲太身後的紗良發問。

「那個……」

紗良稍微用力拍自己的手。

「大概這樣就好。」

是熱烈鼓掌的力道。

「要撞哪個部位？」

「哪裡都可以。」

「既然這樣，感覺應該不是很難。」

「買蒙布朗可能比較麻煩。」

店門口排了不少人。仔細想想，今天是十二月二十四日，平安夜，街上滿是情侶的日子。鎌倉也有許多情侶前來。

排隊的人群大致有十五組，一組一分鐘也要十五分鐘。以窺探店內得到的印象來看，一組應該不只一分鐘。店裡的蒙布朗是點完才像霜淇淋那樣擠上餡料的類型，加上結帳時間至少要三十分鐘吧。

「那麼咲太，你去排隊吧。」

「麻衣小姐呢？」

「我待在這裡會造成困擾，所以我去買和香託我買的鴿子餅乾與核桃糕。紗良小姐也借我一下喔。」

「咦？」

「咦？」

咲太與紗良的驚叫聲重疊。

「好了，快點。」

兩人還沒從驚訝中回神，麻衣就已經踏出腳步。

「那我過去了。」

紗良失去表達自身意見的機會，小跑步追著麻衣的背影離開。

「沒問題嗎？」

咲太排在隊列最後面，理所當然地冒出擔憂的心情。

擔憂的對象當然是紗良。

咲太不認為麻衣會亂來。雖然不認為，但這個狀況已經可以形容為亂來了吧？至少實在不覺得是日常生活的片段。紗良身處於一輩子都不一定會發生一次的事件之中。

即使是咲太也沒料到麻衣居然會出現。作夢都沒想過；作夢都沒看過。

這是突然來訪的非日常光景，這個現實也和「＃夢見」相差甚遠。預知夢已經完全派不上用場。

說到現在派得上用場的東西，應該是千里眼。

如果在這瞬間使用，紗良大概不會察覺。

因為單獨和麻衣相處的她應該沒有餘力在意咲太，也不會有餘力觀看咲太……

咲太看著蒙布朗的價目表，讓知覺飛向遠方。在黑暗中尋找交纏的意識絲線，找到之後伸出意識之手……然後確實抓住了。

接著，咲太看見本應看不見的東西。

看見不在這裡的麻衣的背影。

是紗良眼中的麻衣的背影。

麻衣走在參拜道路上。

紗良以相同的速度跟在她身後。

繼續直走就是通往鶴岡八幡宮的鎌倉主幹道——若宮大路。

數十公尺的前方，看得見在冬季天空下方朱紅亮眼的第二鳥居。

然而紗良在看別的東西。

自從踏出腳步，她就一直只看著麻衣。

——我在做什麼啊……

聽得到紗良的想法。

——現在這時候，我應該和咲太老師在鎌倉才對。

——在小町通的店裡租和服穿。

——一定要讓咲太老師說我可愛。

——請咲太老師幫我拍照。

——也要合照。

——一起吃糯米丸子。

——去看櫻貝的飾品。

——請咲太老師幫我挑選。

——並買給我當伴手禮。

——然後在竹林的寺廟喝茶……

——明明預先想了很多行程，卻全部泡湯了。

——現在這樣，咲太老師完全不會注意我。

——因為有這個人。

紗良的想法成為洪流湧入咲太內心。

心懷不滿的紗良視線一直刺在麻衣背上。

麻衣沒察覺。不，如果是麻衣，即使察覺了也可以假裝沒察覺。家喻戶曉的女星演技可不是浪得虛名。

現在透過紗良的視野看見的麻衣是否有察覺這一點，連咲太也不知道。但他認為八成是察覺了。因為麻衣應該早就知道這一切，進而在今天來到會合的場所。

——話說回來，好好喔。

——身高好高。

——頭髮烏黑亮麗。

——臉蛋小小的。

——肌膚白裡透紅。

——腿好長。

——身材很好。

——好漂亮。

——好帥氣。

——為什麼這樣的人會和咲太老師交往？

還以為她滿腦子都是麻衣，接著就把咲太一起拖下水了。然而咲太對於突如其來的這個疑問不為所動，因為這種事已經習以為常。現在去大學依然會感覺到蘊含這種意思的視線，簡直是家常便飯。

「紗良小姐，鎌倉的伴手禮，妳喜歡哪一種？」

「咦？啊，我也喜歡核桃糕，盒子跟包裝都很可愛。」

「我也經常買來慰勞劇組人員。」

——不是這樣。不是這樣……

「……那個，方便讓我問一個問題嗎？」

「可以不只問一個問題喔。」

「為什麼是咲太老師？」

——問這個問題也無妨吧？

紗良停下腳步。

察覺到的麻衣也停下腳步，轉過身來。

「為什麼妳會這麼問？」

——因為……

「我覺得咲太老師和麻衣小姐不登對。」

「我不配成為咲太老師的女友？」

「當然相反。麻衣小姐應該可以和更英俊的男星或人氣偶像交往吧？」

——大家一定都想和麻衣小姐交往。

「紗良小姐，原來妳想和英俊的男星或人氣偶像交往？」

——麻衣小姐不是這樣嗎……？

「大家都這麼想啊。」

「交往之後會怎麼做？」

——咦？

「……」

——「怎麼做」是什麼意思……？

「比方說向朋友炫耀？」

先導出答案的人是麻衣。

——沒錯，我會炫耀。畢竟……

「……不可以嗎？」

「可以啊。畢竟是引以為傲的男友，炫耀一下應該沒關係。」

「……」

紗良再度語塞。

——可以嗎？

——可是，明明她說可以，這種感覺又是怎麼回事？

紗良下意識將手按在胸口。

——為什麼會覺得抗拒呢？

「紗良小姐，覺得『不可以』的應該是妳自己吧？」

這次麻衣再度犀利地指摘。紗良認為一點都沒錯。儘管無法正確說明，不過紗良是覺得愧疚才問了「不可以嗎？」這個問題。因為她想吐露自己內心的不安。

——沒這種事。沒這種……！

紗良努力想否定自己的想法，告訴自己不是這麼一回事，藉以鼓舞自己，也像在拚命保護某個東西。這個東西大概是以往一點一滴建立起來的紗良自己，她不能承認這個價值觀是錯的。

所以紗良不接受麻衣說的話。無法接受，絕對不能接受。想問麻衣的問題都還沒問，不能在這種時候打退堂鼓。

「……沒這種事。」

紗良好不容易塑造成形的話語明顯帶著反抗的情緒，不過連這也逃不過麻衣的手掌心。紗良完全被麻衣牽著走，被揭發真正的情感。

咲太希望麻衣稍微手下留情。對方是高中生，而且才一年級。然而咲太的心願沒能傳達給麻衣。位於遠處的咲太無法傳達給她。

「紗良小姐為什麼會選擇咲太擔任老師？」

「因為……」

面對突如其來的這個問題，紗良不知該如何回答。

「因為咲太是『櫻島麻衣』的男友，妳想稍微捉弄看看？」

「……」

紗良腦中變得一片空白。受到驚嚇，思緒全部飛到九霄雲外。

「怎麼樣？妳覺得能成功吸引咲太嗎？」

完全無法回話的紗良定睛注視著麻衣，沒將視線移開。

——**真的是好美麗的臉蛋**。

在這個狀況下，紗良首先冒出的是這種想法。

——既然有這樣的女友，那就沒辦法了吧。

接下來冒出的是這種想法。

「妳認為我辦不到才會這麼問吧？」

——可是，為什麼……？

「沒錯。」

麻衣很乾脆地承認了。

「可是，至今我看上的人全都喜歡上我了，即使是有女友的人也不例外。」

——為什麼，我會……

「不過，那個人的女友不是我吧？」

——這麼惱羞成怒？

麻衣的態度毫無動搖，始終如一。

「……」

「那個人不是咲太吧？」

反倒愈說愈堅定。

「……可是，這種事還不知道吧？」

——夠了啦，我真是的。還是別再說了吧。別說了……

「或許吧。畢竟決定的人是咲太。」

——我知道了，所以別再說了……繼續下去的話，我將不再是我自己……！

聽起來像是哀號的紗良心聲伴隨著痛楚響起，感覺只要麻衣再說一句話就會破裂。然而結果並非如此。

「抱歉，我離題了。」

在這個時間點，麻衣主動退讓一步。

「妳剛才問我為什麼選擇咲太……對吧？」

「是的……」

紗良好不容易擠出來的聲音細微得幾乎聽不到。

「咲太他啊，不管我怎麼任性都會聽從，而且會好好抱怨。從事演藝工作，經常會突然變更行程，也不能兩人一起大方地拋頭露面，所以咲太這種態度幫了我很多，可以輕鬆相處。」

麻衣若無其事地說明。

「這就是理由嗎？」

紗良一副無法接受的樣子。

這也是當然的。麻衣的說明應該有後續，還有很長的後續……現在只是在鋪陳。

「還有，他總是說我做的料理很好吃，和他一起下廚很快樂，我也喜歡兩人一起享用料理的

時間。」

「……」

紗良的心被疑問籠罩，聽不懂麻衣在說什麼。

「他會好好地把『喜歡』化為言語說給我聽。不過有時候也會有點說過頭。」

麻衣像是想起什麼般輕聲一笑。

——不懂。完全不懂。

麻衣察覺到紗良投向她的困惑視線。

「要說理由的話還有很多喔，大概多到數不盡吧。像是他會好好說出『謝謝』跟『對不起』；有願意幫他的朋友；重視朋友；很疼愛妹妹花楓；很寵貓咪那須野；還有，他很擔心自己在補習班的學生。」

「這是在說我嗎？」

「如果妳看得見咲太的心，妳應該知道吧？今天他一直只關心妳，把我冷落在一旁。」

「……」

——沒錯，一直在擔心。咲太老師很擔心我……

「因為他就像這樣會為了別人盡心盡力，會堅稱這也是為了他自己。包括他彆扭的這一面……我雖然覺得麻煩，但是不討厭。」

麻衣開朗地微笑，當中有著溫暖的眼神。

——**不過，我並不是希望他擔心。我希望的是……**

「以上有稍微回答了妳的問題嗎？」

「……」

紗良沒說「有」。她的表情依然殘留著猶豫與困惑。

「這種心情很難全部以言語說明。如果問我為何要和他交往，我現在就能輕易說出口……」

這句話讓紗良抬起頭，像在尋求答案似的注視麻衣。

「……請問是為什麼呢？」

聽到紗良這麼問，麻衣放鬆表情，眼神變得溫柔。

不是基於想掩飾或猶疑。麻衣就如自己剛才所說，因為能輕易說出口，因為已經有答案了。

這個答案肯定和咲太的一模一樣。

「我和咲太交往，是為了要一起幸福。」

麻衣像在細細體會自己的心意，慢慢說明之後露出微笑。接著……

「或許因為咲太是唯一令我這麼想的人，我才會選擇咲太吧。」

麻衣彷彿現在才想到，自然而然地補充這段話。感覺是為原本模糊的情感給出一個答案。

「……」

紗良說不出話來。因為比起預先想像的任何話語，其中的情感截然不同。麻衣的簡短話語洋溢著意想不到的暖意。

——這是……什麼？

被這股溫暖籠罩。

——我不懂這種事。

被吞沒。

——這種事……

逐漸深陷其中。

——我完全不懂。

「不過，現在也已經很幸福了。」

麻衣溫和一笑。著實是令人感到幸福的微笑。

「……」

紗良再度說不出話，情感無法成形。

——辦不到……

即使如此，心還是靜靜地出現漣漪……

——這種事我辦不到……

「如果覺得我說謊，要確認看看嗎？」

「……咦？」

「偷看我的心。」

麻衣要求握手般輕輕伸出手。

「這麼一來，妳就可以知道一切了吧？」

紗良反射性地伸出手要回應，但她沒有主動繼續拉近距離。

——怎麼辦……

紗良的指尖在發抖。明顯在猶豫。

——我該怎麼辦……？

下意識地向他人尋求答案。

然而沒有任何人給她答案。

永遠只能由自己得出答案。

因為任何人得出的答案都只是專屬於自己的答案。

麻衣的手伸向紗良。

——等一下。

兩人的指尖再五公分就會相觸。

——等一下啦。

三公分。

——就說等一下了。

兩公分。

——就說了……

只差一點點。

「我不要……！」

隨著這個聲音，紗良將手收回自己胸前，小心翼翼地用力緊握另一隻手。看起來像在保護某個重要的東西。

——我不想知道！

紗良激烈的拒絕在咲太腦中響起。情感的尖刺插入胸口。

——贏不了……我贏不了這樣的人……！

緊接著，就像電話單方面被掛斷，正在看的影像看不見了，正在聽的聲音也聽不到了。

即使咲太再次嘗試也沒成功。

再也連接不到紗良。不知道她在哪裡做什麼，也不知道她現在在想什麼。

「好的，下一位……抱歉讓您久等了。」

拿著蒙布朗價目表的店員看著咲太。看見那張笑容，咲太模糊的意識終於回復過來。

4

咲太點的現做蒙布朗，在櫃檯後方被一個個小心翼翼地裝入外帶用的盒子。

先結完帳的咲太滿心期待蛋糕完成的時候，收銀台的另一名店員戰戰兢兢地前來搭話。

「那個，不好意思……請問是梓川先生嗎？」

店員手上拿著電話。

「是的，怎麼了嗎……？」

突然被陌生人叫名字，還是會緊張一下。到底是怎麼回事？

「您的朋友剛才打電話到店裡……」

說明原因的店員好像也很困惑。因為是第一次遇到這種狀況，顯然不習慣應對。

「啊，不好意思，因為我忘了帶手機。」

要是說自己沒有手機就必須花更多時間說明，所以咲太光明正大地說謊，接過店員遞出的電話。小型的無線電話子機很像早期行動電話的造型。

「喂，我是梓川咲太。」

咲太朝話筒說話。

『咲太？』

傳來的是熟悉的聲音。

「麻衣小姐，怎麼了？」

『抱歉，紗良小姐不見了。』

「啊？」

『選完伴手禮結帳的時候，她不知道跑去哪裡了。我在這附近找過但找不到。』

事發突然，麻衣說話的速度比平常快。

「麻衣小姐，妳現在在哪裡？」

『鴿子餅乾的總店前面。』

從這裡過去的話，是走到若宮大路之後筆直前往鶴岡八幡宮的途中。是大約十分鐘可以趕到的距離。

「請待在那裡，我現在過去。」

『對不起。』

「很快就會找到的。」

咲太說完結束通話，然後徵得店員的同意，以借來的電話撥打最近剛記住的號碼。是紗良的手機號碼。

鈴響第一聲沒有反應。

鈴響第二聲也沒反應。

第三聲響完的時候，電話接通了。

『……』

電話另一頭感覺到沉默的氣息，周圍的人群聽起來像是就在身旁。

「姬路同學？是我。」

然而咲太才說到一半，電話就被掛斷了。這一瞬間傳來倒抽一口氣般的聲音。

咲太不屈不撓，試著再打一次電話。

「……」

然而這次等再久都沒接通，最後傳來「您撥的電話無人回應」的制式語音。

看來打再多通電話都會是一樣的結果吧。

咲太向店員道謝，歸還電話。

「不好意思。蒙布朗我晚點過來拿，請暫時幫我保管。」

「啊，好的，沒關係，但是您花太多時間的話……」

咲太明白店員難以啟齒的原因。蒙布朗的保存期限很短。剛才排隊時才知道，這間店是咲太上次請透子吃蒙布朗的那間店的姊妹店。換句話說，這間店的蒙布朗也只有兩小時的期限。

「我馬上回來。」

咲太說完，雙手空空地衝出店門。

平安夜的鎌倉到處都是人潮，若宮大路這條大馬路當然也不例外。人潮隨著咲太的前進只增不減。

咲太前去找麻衣的同時，也到處尋找紗良的身影。然而在連筆直前進都很難的人潮中，幾乎不可能找到特定的人物。

結果咲太沒找到紗良，就這樣抵達目的地。

日式白色外牆引人注目的鴿子餅乾總店前方。融合新時代與鎌倉風格設計而成的建築物，「鴿子餅乾」這幾個黑色的字特別顯眼。

麻衣看見咲太後跑過來，重新道了歉。

「我可能把話說得太重了。」

透露愧疚之意的嘴在乖乖反省。

「麻衣小姐，妳知道這附近有哪間店可以租和服穿嗎？」

「小町通應該有好幾間……」

麻衣說著拿出手機搜尋。

「看，果然有。」

顯示在畫面上的小町通地圖，有三四個地點插上標記。

「我去那些地方看看。麻衣小姐，請妳在附近的糯米丸子店跟櫻貝飾品店找。」

「糯米丸子店跟櫻貝飾品是吧。」

「確認之後再回到這裡集合。」

麻衣沒問理由，只說聲「我知道了」。

看過地圖後大致記得地點的出租和服店，咲太一間間尋找。許多商店櫛比鱗次廣受歡迎的小町通，被情侶跟全家福擠得水洩不通，有時候甚至得被迫停下腳步。

即使好不容易抵達目的地，也沒找到紗良的身影。大概也因為是平安夜，去每間店都有情侶在排隊等待換裝。

在第三間店才終於查到線索。

隻身光顧的客人很罕見，所以店員記得這名疑似是紗良的人。這個人就在五分鐘前穿好和服離開。

晚了一步。

咲太向店員道謝，衝出店門來到小町通。

他環視周圍，卻沒看見紗良。行人多到要看見五公尺遠的地方都很難。

要是一個沒注意，感覺連成年人都會走散。

咲太決定在沿著附近店鋪尋找的同時往回走。

麻衣應該也差不多要回到會合地點了。

這個預測完全命中，咲太抵達鴿子餅乾總店前面的時候，麻衣從相反方向走過來。

她立刻搖了搖頭。

「你那邊呢？」

「她好像租了和服。」

「那麼她還在這附近嗎？」

「應該吧……」

其他可能的線索。紗良除此之外還想過的事情是……

「麻衣小姐，說到『竹林的寺廟』，妳心裡有底嗎？」

「是不是報國寺？」

「妳知道在哪裡嗎？」

「記得用走的很遠喔。畢竟手上有東西，開車過去比較好吧。」
話還沒說完，提著伴手禮紙袋的麻衣已經走向停車場。
「麻衣小姐，那個給我拿。」
咲太走到她身旁，接過比較大的紙袋。
黃色加白色的紙袋裡裝的是黃色的大鐵盒。鴿子商標的鴿子餅乾。
「那一袋，你過年的時候記得帶回老家。」
「麻衣小姐不來嗎？」
「當然會一起去，要去拜年。」
後來兩人都不發一語，快步趕往停車場。

大約十分鐘後上車。上車過了約十分鐘就看見目的地寺廟，入口附近的停車場停滿了車輛。
「那邊的停車場滿了，咲太你先下車過去吧。」
確認後方沒有車輛後，咲太開門下車。周圍的空氣從這瞬間就不一樣，若宮大路與小町通的喧囂消失無蹤。
踩到柏油路面石礫的聲音聽起來特別大聲。
咲太快步穿過寺廟大門入內。

環境隨即變得更加安靜。

然而不只是安靜，空氣寧靜祥和。每前進一步，心情就會變得平穩，心靈受到洗滌。

咲太的步調自然而然變得緩慢。

莊嚴肅穆的氣氛不允許急躁行事。

時間流動的速度似乎和外部不同。

懷著這種感覺在寺廟內部前進，高聳的竹林隨即在前方迎接咲太。在冬季嚴寒的氣溫之中依然青翠，感覺到強韌的生命力。

視線宛如被吸引般朝向上方。

陽光隱約從竹葉縫隙射入，在竹葉與竹子的反射之下閃閃發亮，彷彿從水底仰望水面的感覺。充滿神祕的氣氛，甚至有種迷路闖入異世界的錯覺。

兩側與上方被竹林覆蓋的羊腸小徑正中央，看得見一個和咲太一樣仰望天空的人影。穿著和服的背影。和竹林相互搭配，打造出幻想般的景色。

一瞬間還以為是陌生人，但是咲太錯了。

白色加紅色印花和服，也配合服裝盤起頭髮。

她正是咲太前來尋找的人。

「在聖誕節欣賞竹林也不錯耶。」

總之可以說是聖誕竹吧。

紗良晃著髮簪的垂飾轉過身來。

「咲太老師，為什麼……？」

「希望我找妳的話，下次麻煩躲在更好找的地方。」

如果沒作弊，咲太應該到不了這個地方，應該找不到紗良。

咲太在石板路上一步步走向紗良。

「請不要過來……！」

只差三步的時候，紗良失去理智般逃走。

「妳穿這樣用跑的……」

咲太還沒把「很危險喔」這四個字說完，紗良的草屐就絆到地面的石板，像小孩子一樣雙手與雙膝撐地跌倒。

「好痛……」

咲太立刻跑到她身旁關心她。

「沒事吧？」

咲太伸手扶她起身。

「……和服有點髒掉了。」

紗良心情消沉，輕拍和服的膝蓋部位。

「我不是在說和服。妳有受傷嗎？」

紗良順勢撐在地面的手心變紅，幸好沒有破皮或出血。咲太幫她拍掉沾在手上的砂土。

「為什麼……！」

這句「為什麼」和剛才的「為什麼」應該是不同的意思。

「既然自己的學生迷路了，當然要拚命找吧？」

知道兩者不同的咲太先回答第一個「為什麼」。

「我不是在問這個……！」

為什麼沒因為我突然不見而生氣？

為什麼沒問我任何問題？

紗良問的是這個意思。

不過，咲太認為問這種事毫無意義。即使知道答案，紗良也不會得救，所以咲太繼續說他該說的事。

「而且我差不多也想擬定作戰了。」

「作戰……？」

聽到咲太突然這麼說，紗良露出不明就裡的表情。

「讓妳和霧島透子相互撞頭的作戰。」

咲太說出原本的目的後，紗良的表情明顯一沉。

「我說過，撞的部位不是頭也沒關係……」

她移開視線，缺乏自信般這麼說。

「那為什麼我那時候是撞頭？」

咲太曾經和紗良撞到頭，是在紗良還沒成為他的學生之前。

「妳是在那時候開始看得見我的心吧？」

「我原本沒要撞那麼用力。咲太老師，你居然記得耶。」

「因為妳真的是鐵頭，我忘不了。」

「那件事，請你忘記吧……」

紗良的聲音變小。

「所以關於作戰……我會打開蒙布朗的盒子拿給霧島透子，然後妳趁她往盒子裡面看的時候撞下去，這樣如何？」

「那個，老師……」

「怎麼撞就交給妳決定。」

「……不行。」

「這樣啊，不行嗎？那就得擬定B計畫了。」

風吹動竹子，竹葉摩擦發出沙沙聲。

「我不是這個意思……！」

紗良像要打斷咲太說話，吐露情緒。

「已經不行了……」

「……」

「我已經……什麼都看不見了……」

沙啞又細微得快要消失的聲音。

「我已經……什麼都聽不到了……」

紗良只是深感歉意般低著頭。

「我聽不到……咲太老師心裡的聲音。山田同學的聲音、吉和同學的聲音，還有其他所有人的聲音也全都……所以我才會一時害怕而逃走。對不起……」

「要再撞一次頭看看嗎？」

咲太露出額頭，紗良卻沒抬起頭，就這麼看著下方，摩蹭般將額頭輕輕撞在咲太胸口。

「為什麼……為什麼聽不到……！」

額頭離開之後，又朝著咲太的胸口撞了第二與第三下。

第二次比第一次用力，第三次比第二次用力。

「為什麼會這樣……！」

這個問題的答案，紗良恐怕已經知道了。和麻衣交談的時候，她應該已經察覺到了。察覺到自己的心意，察覺到自己在尋求什麼……

紗良撞第四次之前，咲太像要測量體溫那樣以手心接下她的額頭。

「請放開我……」

「頭撞太多次變笨的話很糟糕吧？」

「可是……」

「真是太好了。」

「一切都不好！」

紗良聲音高八度反抗。

「既然妳的思春期症候群已經痊癒，那真是太好了。」

對此，咲太以一如往常的語氣回答。

「一點都不好！現在這樣，我就幫不上咲太老師的忙！」

「沒關係的。」

「我想幫咲太老師！原本可以因而得到稱讚……！如今我的存在根本沒意義！」

「光是妳願意成為我的學生，就幫了我很大的忙。」
「我不要只當個普通的學生！」
紗良不再逃避這份情感，真摯地說出自己的心意。正因如此，內心才會被打動，被緊緊揪住。因為咲太的答覆是既定的。
「說實話，我稍微鬆了口氣。」
「……」
「免於利用妳的思春期症候群，我鬆了口氣。」
這是咲太毫無虛假的真心話。
自從做出今天的約定就一直有所掛念。
紗良應該也知道這一點。
而且麻衣恐怕也早就感覺到了，今天才會出現在會合地點。
「所以，能痊癒真是太好了。」
「為什麼……」
「所以，真的很謝謝妳。」
「明明知道我利用思春期症候群做了什麼事！偷看大家的心，玩弄大家的感情……我基於什麼心態接近咲太老師，您明明已經知道了！為什麼要對我這麼溫柔……？」

「我啊，想成為這樣的人。」

「請好好生氣一下！請稍微為難一下！現在這樣，我不知道該怎麼辦……咲太老師，你這樣好奸詐……」

「哎，因為大人就是這麼奸詐啊，應該吧。」

「不要把我當成小孩子，我們不是只差三歲嗎……」

「我想必比妳成熟三歲這麼多吧。」

「……真的好奸詐。」

紗良就這樣低著頭，像吞回淚水般默默啜泣。

一直，一直……顫抖著肩膀這麼做。

等到心情終於平復之後……

「咲太老師……」

紗良哽咽著呼喚咲太的名字。

「怎麼了？對我還有什麼意見嗎？」

「有，還有很多。」

紗良終於抬起頭，以淚水依然溼透的雙眼筆直注視咲太，眼睛深處有著小小的決意之光。

「早知道我就應該更真心喜歡老師。」

「我們補習班的講師守則有寫不可以和學生交往。」

「那麼……」

紗良以手指拭去淚痕。

然後逞強地露出一如往常的笑容。

「我考上第一志願之後，會重新向你表白。」

她預先做出大約兩年後的約定。

和咲太給虎之介的建議一模一樣。沒想到居然會回到自己身上。

「這真是妙計……」

「禍從口出」這句成語說得真好。

「所以，妳要抱到什麼時候？」

這個聲音使咲太轉過身去。站在那裡的是拿著車鑰匙不太高興的麻衣。

「麻衣小姐什麼都有，所以咲太老師就借我用一下。我覺得妳這樣對待晚輩不夠成熟。」

紗良以強勢的態度這麼說。

表情看起來像是在各方面都放下了。

「咲太是我的，不行。」

麻衣斷然拒絕，掉頭沿著原路往回走。

但是前進幾步之後，她轉頭看向沒跟過來的咲太與紗良。

「你要去大學吧？去見霧島透子。」

「這麼說來也對。」

今天就是為此才會約紗良出來。

已經沒有方法能得知透子內心的想法，不過咲太想確認一些事。

5

到和服店歸還紗良租的和服，回收蛋糕店代為保管的蒙布朗之後，咲太等人從鎌倉出發。

開車已經過了十五分鐘。

時間即將來到下午四點。

但是還看不見大學。

「看來四點是趕不到了。」

「對不起。都是因為我……」

紗良在後座縮起身體。

「姬路同學，可以用手機查一下霧島透子嗎？」

即使要她別在意，她也肯定還是會在意，所以咲太決定請她幫忙。做點事比較能排解心情。

「好的。」

充滿活力地回應的紗良滑起手機。

過沒多久……

「啊……」

她發出帶著確信的吐氣聲。

「怎麼了？」

「已經開始了。」

說到一半，紗良手上的手機傳出歌聲。

鈴聲悅耳，充滿聖誕氣息的歌曲。

紗良將拿著手機的手伸向前，讓坐在前面的咲太也能看見。

映在畫面上的是像庭園裡會有的水池，還有橫跨水池的小橋。而且遠遠能看見站在橋上的迷你裙聖誕女郎的背影，幾乎只看得見剪影。

「這是主校舍的中庭吧。」

之所以似曾相識，是因為該處是咲太與麻衣就讀的大學校內。「口」字形校舍的正中央。從教室看見的風景如今在手機畫面上。

依照車子的導航系統，距離大學還有兩公里，所需時間不到五分鐘。

不過，從手機傳出的聖誕歌曲，不知是否能持續到車子抵達。一首歌的長度大概是四到五分鐘，即使只有三分多鐘也不奇怪。

擋風玻璃前方看得見京急線的軌道，金澤八景站也進入視野範圍。

大學附近的熟悉風景與街景。

導航告知「即將抵達目的地」。

不必特地告知，大學正門也已經映入眼簾。

麻衣暫時在正門的正前方停車。

「我先過去。」

「啊，我也要去。」

紗良跟著咲太下車。

穿過正門進入大學。

這個時候，紗良的手機已經不再傳出聖誕歌曲。

即使如此，咲太依然快步走向主校舍中庭，同時小心翼翼避免手上的蒙布朗毀損變形……

紗良也跟在他的身後。

「咲太老師，直播結束了。」
「那就可以肆無忌憚地去見她了。」
不會不小心出現在畫面上，播放到全世界。
一度進入主校舍之後，穿過走廊來到中庭。
咲太的視線已經朝向中央的水池。小橋上方，迷你裙聖誕女郎朝著咲太的方向走來。
最後，透子發現咲太了。
「你遲到，所以結束了。」
「真希望妳可以等我一下。我還特地拿了慰勞品過來。」
咲太將蒙布朗的盒子遞給透子。
「……」
「沒下毒喔。不過保存期限應該快到了。」
「那就得馬上吃了。」
透子打開盒子，大口咬下形狀像杯裝冰淇淋的蒙布朗。
「好吃。謝謝你送我美好的聖誕禮物。」
透子說完，便從咲太身旁經過。
「妳是岩見澤寧寧小姐吧？」

咲太轉身朝聖誕女郎的背後這麼說。這是他想確認的事情之一。

「……」

沒有回應，但是有反應。因為透子立刻停下腳步。

「國際人文學系三年級，去年的校花選拔賽冠軍，北海道出身，生日是三月三十日，身高一六一公分。」

即使咲太繼續說下去，透子也沒回頭，就這樣背對著他。

「我是霧島透子。」

那是非常平靜的聲音。

卻是感覺得到堅定意志的聲音。

在透子至今說的話之中，這是最情緒化的一句。

有種刺痛般的緊張感。

不知道是什麼要素令她如此。

不過，肯定有某種要素令她如此。

其中確實隱藏著某種堅持。

「那個，咲太老師……？」

位於透子另一側的紗良以困惑的模樣插話。

「怎麼了？」

「你從剛才就在和誰說話嗎……？」

紗良露出害怕的表情發問。

透子從紗良旁邊經過。她當然有進入紗良的視野範圍才對，但是紗良毫無反應，只將嘴巴緊閉成一條線看向咲太。

換句話說，紗良沒看見透子。她看不見透子。

透子就這樣進入主校舍消失無蹤。

「……她現在在嗎？」

紗良轉頭確認兩側。

「不，已經不在了。」

「直到剛才都在嗎？」

「嗯。」

「可是我沒看見任何人。明明偷看咲太老師內心的時候看得見……」

「所以當時才看得見吧。」

「咦……？」

「妳當時應該是看見我看到的東西，所以才看得見。」

咲太自己也體驗過千里眼，所以明白。當時那樣應該是共享了紗良的視覺，也共享了聽覺，共享了各種知覺。

看得見紗良看見的光景，聽得到紗良聽到的聲音，感受得到紗良感受到的事物。所以紗良也看得見咲太看見的透子，但是以她自己的眼睛看不見。

「那麼，我……無論如何都幫不上忙吧……」

立刻理解這一點的紗良消沉地低下頭。

「總覺得……真的好像笨蛋。」

她寂寞似的淺淺一笑。

「與其充滿幹勁過來之後大失所望，這樣比較好吧？」

咲太不經意說出的話使得紗良噘起嘴，但她立刻就露出放棄般的表情。

「說得也是。」

紗良無可奈何地點點頭。

「唉～～完全沒發生好事。」

她不禁透露出真心話。

「今天明明是平安夜……有沒有什麼好事呢？」

「回去的路上，我起碼會買個蛋糕送妳。」

「真的嗎？太棒了！」

紗良拍手並誇張地表達喜悅之情，試圖取悅咲太。看來這種個性無法輕易改變。不過咲太也覺得這才是紗良的本色。

終章

在聖夜

遮蔽露臺的圍牆與擋雨的屋頂成為外框，截取出一幅天然風景畫，咲太在其中發現了弦月。

孤零零地高掛在漆黑夜空。

咲太也和月亮一樣，獨自待在露天溫泉。

完全沒有人為的聲音。

也沒有別人的氣息。

傳入耳中的只有平靜的風聲。

微微搖晃樹木的聲音。

以及溫泉就在身旁潺潺流出的水聲。

感覺全身從耳朵開始逐漸被療癒。

「棒透了……」

所以這句話自然而然脫口而出。

感受得到侘寂之美的露臺景色、客房裡直接從源泉放流的露天溫泉，現在都專屬於咲太。

這就是最極致的享受。

送紗良到藤澤站之後，咲太與麻衣事先通知旅館會晚到，然後直接開車來到箱根。

抵達的時候已經將近八點，但旅館員工還是非常恭敬地出來迎接。

咲太與麻衣立刻品嚐旅館準備的豪華又精緻的餐點，稍事休息後享受溫泉。

「客房裡就有露天溫泉，真的是棒透了……」

抵達之後沒多久……看見旅館外觀的瞬間，咲太就覺得這不是他一個人能來住的旅館。踏入旅館的用地時、目睹遼闊的庭院時、被帶領前往客房時，這種心情都是有增無減。

客房有專用露天溫泉也很驚人，但最令咲太困惑的是這次下榻的客房有二樓。一樓是所謂的起居室，二樓是寢室，不同樓層的兩個房間就像是獨棟住宅。

他不經意詢問這裡的住宿費，麻衣便笑著說：「當成生日禮物的回禮，算是打平吧。」

咲太沒有刻意追問具體金額。在這個世界上，有些事情最好都不要知道。難得有這機會，還是乖乖享受吧。這不是需要客氣的時候，抱著回本的心態盡興比較好。

咲太思考這種事的時候，背後傳來喀啦喀啦的聲音。

露臺入口的玻璃落地窗開啟。

「如何？溫泉泡起來舒服嗎？」

發問的是身穿旅館浴衣加上短褂的麻衣。剛出浴的頭髮盤成鬆鬆的丸子頭。

「棒透了。」

「這樣啊，太好了。」

「大浴場怎麼樣？」

「沒有其他人，可以好好放鬆喔。」

「那我晚點去游泳吧。」

客房的露天溫泉終究不能游泳，大約是兩名成年人可以舒適泡湯的尺寸。只有咲太一個人泡的話可以伸展成大字形。

「不准，會被這間旅館當成拒絕往來戶。」

麻衣以有些認真的表情責備咲太。

看來她認為現在的咲太或許會這麼做。確實，如果沒被阻止就可能會鬼迷心竅。咲太的心情就是被溫泉的氣氛影響得如此亢奮。

「然後，如果麻衣小姐一起泡湯就無可挑剔了。」

咲太忿恨不平地看向房內。麻衣的經紀人涼子剛好回到客房，剛出浴的臉蛋熱到發紅，頻頻以手掌搧風。

「訂房之所以沒被取消，都是多虧涼子小姐先來登記入住喔。」

麻衣的眼神在說「你要好好感謝她」。

「我很感謝。」

咲太真的說出口後，發現聲音比想像的還要不滿。

「真拿你沒辦法。因為很冷，只能一下下喔。」
「咦？可以嗎？」
不理會吃驚的咲太，麻衣脫下襪子，赤腳來到露臺，說著「好冰！」踮起腳尖走到露天溫泉旁邊，直接側身坐在浴池乾燥的邊緣。接著她抓住浴衣兩側的衣襬，像要展開般俐落地掀到膝蓋的高度。突然的大膽行動令咲太不禁臉紅心跳。
麻衣不在乎咲太的反應，只把膝蓋以下放進浴池泡腳。
斜斜地併攏的白皙長腿好耀眼。
從丸子頭鬆脫垂下的頭髮莫名誘人。
坐在溫泉蒸氣裡的麻衣充滿嬌滴滴的成熟魅力。
「這樣滿足了嗎？」
麻衣一邊注意避免沾溼浴衣一邊問道。
「那個，麻衣小姐……」
「怎麼了，還不滿意嗎？」
「相反。滿意得不得了。」
咲太興奮得雙手振臂握拳。
「浴衣會溼掉，不准暴動。」

麻衣輕輕抬起單腳，將水往上踢。

濺過來的水漂亮地命中咲太的臉。

「喔噗！」

咲太用力洗臉並撥掉水。麻衣覺得有趣似的笑了。

「啊，對了。我剛才收到雙葉學妹的訊息喔。」

麻衣像是回想起這件事，從短褂口袋取出手機。

「她怎麼說？」

「她說如果你和我在一起，想跟我借用你一分鐘就好。打個電話給她吧？」

麻衣遞出手機。

「雙葉找我大概是為了那件事吧。」

咲太只猜到一個答案，所以不太想打電話。然而從麻衣那裡接過來的手機已經撥打了理央的號碼。

手機抵在耳邊就聽到鈴聲。

電話很快就接通了。

『喂，我是雙葉。』

理央以禮貌的語氣接聽電話。因為是麻衣的號碼，也可能是麻衣打來的。

「啊，是我。」
咲太回應後，電話另一頭便發出長長的嘆息聲。不是安心或失望，聽起來像是接下來要開始抱怨的暗號。
『梓川，你果然對加西同學多嘴了吧？』
「發生了什麼事？」
如果和先前虎之介夢見的一樣，那麼理央今天應該會回應他的表白。
『我回他「不能和學生交往」之後，他對我說「既然這樣，等我考上第一志願，請再考慮一次」。』
「哇，加西同學意外地真有一套。」
『這很像是你會說的話，是你出的主意吧？』
「不過如果是我，就會把『請再考慮一次』改成『請和我交往』。」
實際上，咲太建議虎之介說的是「請和我交往」，應該是個性內斂的虎之介自己選擇改成這樣的吧。不過也可能單純是不敢直接說「請和我交往」……
『梓川你要負起責任喔。』
「什麼責任？」
『聽到加西同學那麼說，你覺得我還能繼續負責指導他嗎？』

「確實，雙方都會尷尬吧。」

這等於考上第一志願之後會再度表白。理央就像是為此教導虎之介，而虎之介也是為此接受教導，兩人會變成這種奇特的關係。

『所以你要負起責任，讓他考上第一志願。』

有種不祥的預感。

「我說，加西同學的第一志願好像是……？」

『我就讀的大學。』

是偏差值非常高的國立理工大學，以咲太的學力有點搆不著邊。

『我只是要說這個。幫我向櫻島學姊說聲抱歉，打擾了。再見。』

「等一下，雙葉……」

電話已經掛斷。被掛斷了。而且通話時間剛好一分鐘。

咲太默默將手機還給麻衣。

「雙葉學妹怎麼說？」

「她說抱歉打擾妳了。」

「是喔。」

當然不只如此。麻衣也從對話明白這一點，但她刻意不追問。

大概是覺得不必在這時候說吧。

這裡是箱根的溫泉旅館。

咲太在這裡，麻衣在這裡。

雖然不是只有他們兩人……平穩的時間仍緩緩流逝。

所以，想珍惜這一瞬間。

咲太也懷著相同的心情。

然而任何時光都將迎來終結。

「兩位，請在感冒之前進來喔。」

涼子給予咲太與麻衣這個冷靜的意見。她站在露臺入口，從房間裡露出無法言喻的表情看著兩人。完全是溫馨守護著開心小情侶的大人的眼神。

那無疑也是心靈獲得滿足的時間的證明。

「麻衣小姐，今天謝謝妳。」

瞬間，麻衣的雙眼蘊含了疑問。但她沒問「謝什麼」，而是以這句話代替。

「不客氣。」

說完，麻衣露出微笑。

幸福存在於該處。

幸福就在此處。

這一天，獨自孤單地睡在一樓起居室的咲太作了夢，只覺得是現實的不可思議之夢。
許多年輕人都作了類似的夢。
和咲太就讀同一所大學的學生也作了夢。
峰原高中的學生也作了夢。
朋繪也是。
理央也是。
和香也是。
花楓也是……作了夢。
卯月也是。
郁實也是。
而且，紗良也作了夢。
健人、樹里、虎之介也作了夢。
直到早晨醒來，唯獨麻衣沒有作夢。

後記

讓我們在下一集《青春豬頭少年不會夢到聖誕服女郎（暫定）》再會吧。

鴨志田一

國家圖書館出版品預行編目資料

青春豬頭少年不會夢到自家女學生/鴨志田一作；
哈泥蛙譯. -- 初版. -- 臺北市：臺灣角川股份有限公
司, 2023.10
面；　公分

譯自：青春ブタ野郎はマイスチューデントの夢を
見ない
ISBN 978-626-378-041-5(平裝)

861.57　　112013271

Kadokawa
Fantastic
Novels

青春豬頭少年不會夢到自家女學生

（原著名：青春ブタ野郎はマイスチューデントの夢を見ない）

2023年10月25日　初版第1刷發行

作　者：鴨志田一
插　畫：溝口ケージ
日版設計：木村デザイン・ラボ
譯　者：哈泥蛙

發行人：岩崎剛人
總編輯：蔡佩芬
編　輯：孫千棻
美術設計：吳佳昫
印　務：李明修（主任）、張加恩（主任）、張凱棋

發行所：台灣角川股份有限公司
地　址：104台北市中山區松江路223號3樓
電　話：（02）2515-3000
傳　真：（02）2515-0033
網　址：www.kadokawa.com.tw
劃撥帳戶：台灣角川股份有限公司
劃撥帳號：19487412
法律顧問：有澤法律事務所
製　版：尚騰印刷事業有限公司
ISBN：978-626-378-041-5

SEISHUN BUTA YARO WA MY STUDENT NO YUME WO MINAI Vol.12

Edited by 電撃文庫
First published in Japan in 2022 by KADOKAWA CORPORATION, Tokyo.
Complex Chinese translation rights arranged with KADOKAWA CORPORATION, Tokyo.